「お久しぶりでございます、エルフリーデ様。より一層可愛らしくなられましたね」
「マリア！　あなたも前よりもきれいだわ！」
キュリロス
第一王女 エルフリーデ
マリア

俺の肩に顔を埋めるような形になっていた
レアンドラ嬢がゆっくりその顔を上げ、俺を視界に映す。
初めは何が起こったのかわからずポカンとしていたレアンドラ嬢が、
徐々に状況を理解し始めたのか
その顔を赤くしたり青くしたりと忙しそうだ。

「エルフリーデ様は日々勉学に励んでおられますからなぁ。
ほぼ毎日お会いする私ですら目を見張るものがありますぞ」
「ええ！　エルは毎日リッパなシュクジョになるために
頑張ってますの！」
ところどころ言葉の意味がわかっていないのに、
どや顔するところもまた可愛らしい。
第七王子 ライモンド
?
ゼノン
ネストル

「あっ」
案の定、数歩走ったところで彼女は躓いた。
すぐに脚に力を込め、
なんとか彼女が地面にダイブするのを防いだ。
「セーフッ！」
ただ、かなりギリギリで滑り込むように
受け止めたせいで俺が膝をつくような形になってしまった。
「大丈夫？
もうちょっとかっこよく助けられたら
良かったんだけど」
レアンドラ

第七王子に生まれたけど、何すりゃいいの？

I was born as
the seventh prince,
what should I do?
Presented by
Kagononakano Usagi

2

Author
籠の中のうさぎ
Illust
krage

CHARACTERS

I was born as the seventh prince,
what should I do?

ライモンド

チェントロ王国の第七王子。異世界からの転生者で、すでに様々な知識を持っている。幼い頃から魔法の才能も発揮していた愛され王子。

マリア

ライモンドの世話係だった優しくて可愛い有能な女性。キュリロスの誠実さに惹かれ妻となった。

キュリロス

ノトス連合王国・灰猫の里出身の獣人族。王族の剣術指南役を務めている。ライモンドの憧れ、そしてマリアの夫。

ジャンカルロ

第六王子。ライモンドが最初に存在を知る兄。エルフの母を持ち、絵画の才能に優れている。

ジョバンニ

第五王子。体の弱いジャンカルロを大切にしている。音楽で国内外問わず多くの人を魅了している。

オルランド

第四王子。正妃カリーナの子供で、留学先のオッキデンス王国の王女と婚約している。

アンドレア

第三王子。第二王妃アナスタシアの子供。外交のプロで王太子フェデリコを支えている。

ベルトランド

第二王子。アンドレアと同じく母は第二王妃アナスタシア。若いながらも学園を飛び級で卒業し教鞭をとる。

フェデリコ

第一王子。母はオルランドと同じく正妃カリーナ。王太子として父である国王アブラーモの仕事を手伝っている。

WORLD MAP

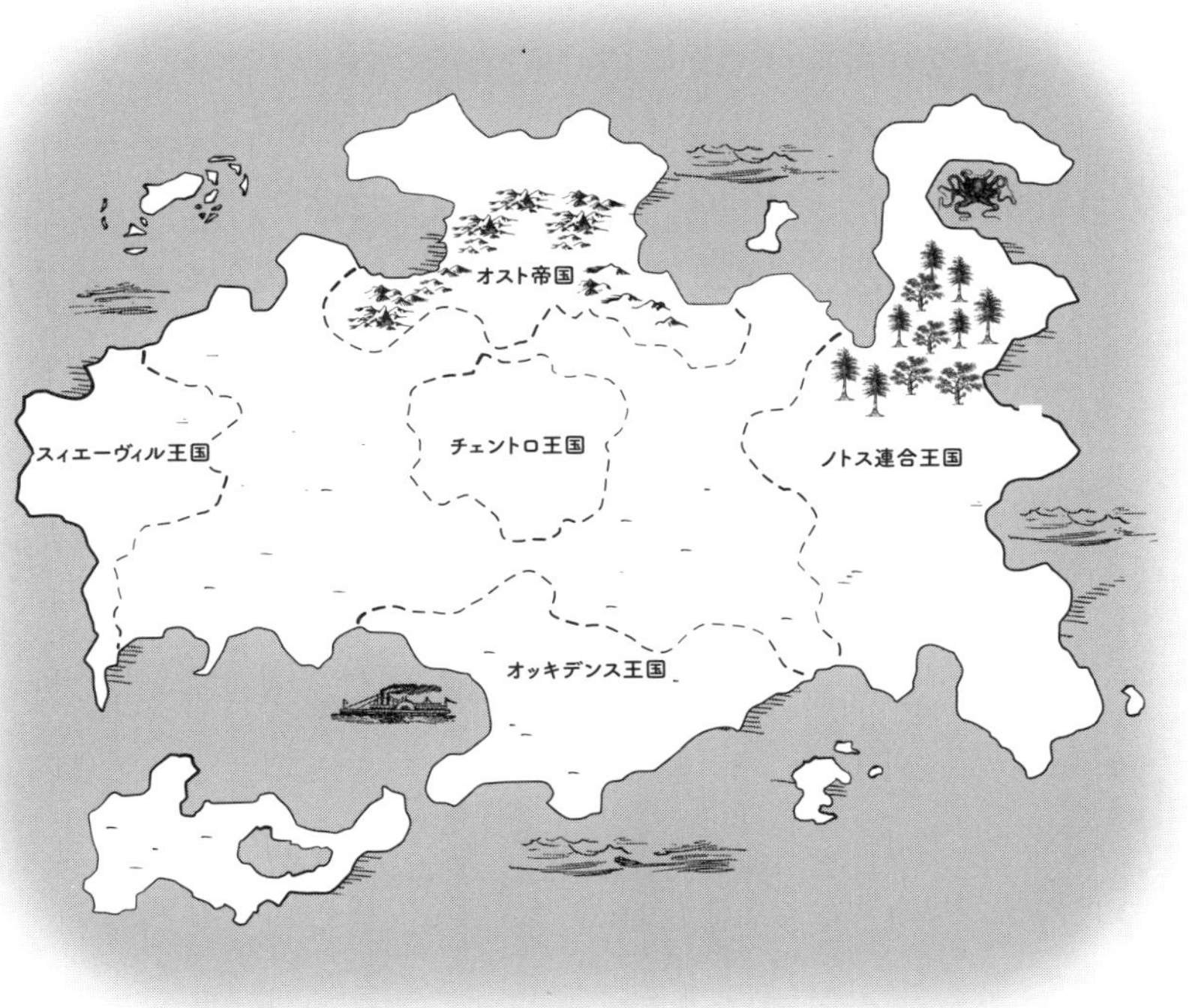

STORY

生を受けたその時から、前世の記憶を持っていることに気がついたチェントロ王国の王子・ライモンド。

両親はもちろん、マリア、キュリロスの愛情にも恵まれ、この世界で新しい人生を歩み始めた彼は、自分は七番目の王子であり、六人の優れた兄がいることを知った。

母が望んでいたような玉座への野心も持ち合わせておらず、それどころか自分にとても優しく接してくれる兄たちの人柄に触れ、自分にも彼らのような「誰かのためにできる何か」があるだろうかと悩み始める。

そんな折、第二王子ベルトランドの話を聞いたことで、ライモンドはチェントロ王立学園への入学を考えるようになっていった。

そしてあれから時は過ぎ、ライモンドに旅立ちの時が訪れる——。

CONTENTS

I was born as
the seventh prince,
what should I do?
Presented by
Kagononakano Usagi

イラスト krage

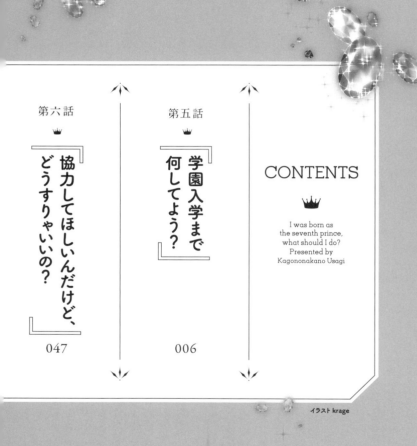

第五話

『学園入学まで何してよう?』

I was born as
the seventh prince,
what should I do?

「イリーナ。今日はキュリロス師匠とマリアに会いに行くよ」

「はい、かしこまりました。ライモンド様」

今日はめでたい日だ。

結局マリアがホフレに攫《さら》われた事件の後、マリアはキュリロス師匠と結婚した。

俺《おれ》は二人にグリマルディ公爵から結婚の許可を得てから正式に報告を受けた。

本当は結婚してからもマリアが俺の側付《そばつ》きにという話だったのだが、結婚してすぐに子供を妊娠、その後双子の男の子を出産したためさすがに子育てしながらは働けず後任に引き継いだ。

その後任が今俺の髪を整えてくれているイリーナ・プロツェンコ。

銀色の髪をハーフアップにしており、結い上げた髪は頭の高い位置でお団子にしている。

元は北の国の出身らしく、チェントロには魔法を学ぶために学園に来たことがきっかけらしい。

そのまま、北の国よりもはるかに暖かいチェントロの国土と文化に心惹《ひ》かれたイリーナは学園の教授からの推薦を得て王宮の礼儀見習いとしての職を得たらしい。

元々北の国の伯爵家の出なので家柄的には申し分ないこともあり、あわよくば俺の妻にどうかという外交的な意味合いも含めて俺の側付きになった。

その策略は誰《だれ》がめぐらせたかなんて考えたくもないけどね。


イリーナは十六歳。そして俺は十二歳になった。

今日はマリアとキュリロス師匠の子供が生まれて五年目の誕生日だ。

俺は早ければ今年、遅くとも再来年には王宮を出る。

ジャン兄様も同じだ。

「よし！　せっかくマリアたちが来てくれたんだから、ちょっと早めに応接室に行こうか？」

五年でちょっと身長が伸びた。

と言っても日本だとまだ小学六年生程度。

身長は一六〇センチメートルくらいだろうか。ようやくキュリロス師匠の鍛錬で筋肉がついてきたころだ。

さてさてゼノンとネストル、マリアたちの子供はどれだけ大きくなっただろうか。

双子なので両方五歳。

毎年彼らの誕生日を祝っているのだが、いかんせん彼らも小さいし、俺はあまり王宮から出ることはないので年に数回しか会えない。

ただ、キュリロス師匠は依然として俺の警護と剣術指南にきてくれているので、二人の様子は毎日のように聞いてはいる。

そろそろ部屋を出ようとソファから腰を浮かした時、コンコンと部屋をノックする音がした。

「どうぞ」

入室を許可すれば、扉を開けたキュリロス師匠が顔をのぞかせた。

「ライモンド様。そろそろご準備が終わられたかと思いまして。お迎えに参りました」

今日、キュリロス自身は休日のため、鎧《よろい》ではない。

「……せっかく早く行って待ってようと思ったのに」

「ははっ。さすがにライモンド様をお待たせするわけにはいきませんので。ライモンド様のことですからマリアと私たちよりも早く部屋に行って驚かせようとしたでしょう?」

「ばれてるー」

「ずっと一緒におりますからなぁ」

ほがらかに笑うキュリロス師匠が俺の後ろに控えていたイリーナに会釈をしつつ、扉を開けてくれた。

なので、そのまま部屋を出て、マリアたちの待つ部屋に行く。

元々俺に会うため、毎回事前に長ったらしい申請をバルツァー将軍に出しているため東の区画にある応接室だ。

一応マリアたちの待つ部屋に入る前に形だけのノックをしてから扉を開ける。

「マリア！　ゼノン、ネストル！　久しぶり！」

「ライモンドさまー！」

「ら、ライモンドさま!!」

わー！　と歓声を上げながらマリアとキュリロスの子供であるゼノンとネストルが走り寄ってくる。

さすがに俺は王族だとマリアたちに教えられているためか飛びついてくることはないが、俺の足元までは飛んでくる。

「ゼノンもネストルも元気だったか？」

「はい！　ゼノンはとってもげんきです！」

ピシィ！　と背筋を伸ばし、キュリロス師匠の真似《まね》だろうか？　手を胸に当てて騎士団の礼を取る。

今年五つになるゼノンは、マリアと同じキャロットオレンジの髪からキュリロス師匠と同じ灰色の耳が生えた男の子だ。

瞳《ひとみ》もキュリロス師匠によく似た碧《あお》色だ。

「ぼ、ぼくもげんきです！　あの、ライモンドさま。ぼく、ライモンドさまに去年いただいた本ぜんぶ読めました！」

ネストルはゼノンと違い本や勉強が好きな男の子だ。

髪の色はキュリロス師匠の毛と同じグレーだが、猫耳はなく目は琥珀《こはく》色をしている。

その手には去年俺がネストルにあげた子供向けの本が抱えられていた。

「うあ――――!!　もう二人とも可愛《かわい》いよ！」

ものすごく俺に懐いてくれる弟のような二人が可愛くて両腕で二人をぎゅっと抱きしめる。

「うわぁ！」

「きゃー！」

嬉《うれ》しそうに叫ぶ二人も俺の体に腕を回してくれた。

「ふふっ。ゼノン、ネストル。ライモンド様が座れないわ」

そう言って部屋の奥から子供を抱えたマリアが歩いてきた。

「お久しぶりでございます、ライモンド様」

「うん、久しぶり、マリア。その子がアウローラ？」

マリアの腕の中から二人の長女が不思議そうにこちらを見上げる。

まだどちらに似ているかはわからないが、目はキュリロス師匠と同じ碧色《みどり》だ。

マリアたちをいつまでも立たせておくわけにはいかないので、ゼノンとネストルの手を引いてソファに座った。

キュリロス師匠とイリーナも部屋に入ってきて、キュリロス師匠はマリアの側《そば》に、イリーナは俺の後ろに控える。

「本当に久しぶりだね。ゼノンもネストルも元気そうで安心したよ」

「ふふ！　二人ともライモンド様に会えるって最近はずっとそわそわしていたんですよ」

「か、かあさま！　ライモンド様には言わないでって言ったのに！」

ゼノンが顔を赤くして、マリアに向かって頬《ほお》を膨らませる。

ネストルはゼノンのように声を上げることこそなかったが、同じく恥ずかしそうに顔を赤くしてうつむいてしまった。

可愛いかよ。


ああ、そう言えば。五年前と変わったことがもう一つ。

「あと、もうちょっとでエルもくるよ」

「え!?」

「エルフリーデ様も来るんですか！」

実は可愛い妹ができました。

ネストルとゼノンが驚きに声を上げた時、タイミングよく部屋をノックする音がした。

「おにいさま！　エルフリーデです！　入ってもいいですか？」

鈴を転がすような可愛らしい声。幼児特有の少し舌足らずなところも可愛さを引き立てる役割を担っていると言えよう。

五年前に増えた新しい家族のもはや聞き慣れた声に、俺は表情が緩むのがわかった。

「エル、いいよ」

失礼します！　と元気よく挨拶《あいさつ》をして妹が入ってくる。

そう、妹だ。

あのツンデレな母上を、その持ち前のトークと魅力で恋する乙女《おとめ》に変えてしまった父上は、ツンデレという文化の差を乗り越え、見ているこっちが恥ずかしくなるほどラブラブになった結果、妹が生まれたのだ。

ビバ妹。妹可愛いよ妹。今まで兄さまたちばかりだったので年下の、それも女の子――妹の存在を俺は溺愛《できあい》している。

母上譲りの黒い髪にグレーの瞳。

顔立ちはどちらかと言うと父上に似ているかな？

「エルフリーデ様、お久しぶりです」

「お久しぶりです、エルフリーデ様」

すぐさまネストルとゼノンはソファーから立ち上がりエルにぺこりとお辞儀をした。

「お久しぶりでございます、エルフリーデ様。より一層可愛らしくなられましたね」

マリアとキュリロス師匠も立ち上がり、マリアがエルに声をかけた。

「マリア！　あなたも前よりもきれいだわ！」

「ふふ！　ありがとうございます」

ふわふわと俺の前で繰り広げられる微笑《ほほえ》ましい会話に、思わず頬が緩む。

ちらりとキュリロス師匠のほうを向くと、似たようなことを考えていたのかキュリロス師匠も頬を緩めていた。

「エルフリーデ様は日々勉学に励んでおられますからなぁ。ほぼ毎日お会いする私ですら目を見張るものがありますぞ」

「ええ！　エルは毎日リッパなシュクジョになるために頑張ってますの！」

ところどころ言葉の意味がわかっていないのに、どや顔するところもまた可愛らしい。

「ライモンド様。紅茶のご準備ができました」

ちょうどいいタイミングでイリーナが紅茶を淹《い》れて戻ってきた。

もちろん事前にエルが来ることを告げていたので、エルの分も淹れてある。

「ん。じゃあ座ってお話ししようか」

◆◆◆◆◆

子供は子供たちで、三人楽しそうに会話をしている。

イリーナがその三人に目を配ってくれているので、俺はマリアとキュリロス師匠と少し会話をする。

「そういえば、今年はライモンド様の社交界デビューですな」

しばらく他愛《たわい》もない会話を楽しんでいる途中、キュリロス師匠がふとそう話を切り出した。

「うん。だからジャン兄様が張り切ってるよ」

「ジャンカルロ様が？」

「そ。俺の姿を絵に残すんだって」

アンドレア兄様監修の服を着ることになっており、すでにアンドレア兄様には長い間着せ替え人形にさせられていた。

「しかも、俺の誕生日に合わせるって父上が……。余計に力が入っていて困ってるんだ」

俺は目立ちたいわけじゃないのに。周りの力の入り具合がすごい。

誕生日会も兼ねた、第七王子の社交界お披露目とくれば、国内外の貴族たちがこぞって参加したがるに決まっている。

「非常に面倒だ」

「先日バルツァー家のお茶会に参加した時に、レアンドラ様が随分そわそわしておられましたよ」

そういえば、レアンドラ嬢に婚約を申し込まれていたんだった。

レアンドラ嬢のことを思い出すと芋《いも》づる式にそのバックにいるバルツァー将軍のことまで思い浮かび、少し顔をゆがめた。

「んー。バルツァー将軍がいるからなぁ」

実は、あの日迷子のレアンドラ嬢に声をかけてからと言うもの、何度かお茶会に誘われている。

だが、彼女の、というかバルツァー家の主催するお茶会に参加することで周りからレアンドラ嬢とそういう関係だと認識されるのは自分にとっても彼女にとっても今は都合が悪い。

「ライモンド様が周りのことを考えておられるのは重々承知ですが、レアンドラ様とお話ししたことのある身としては応援したくなりますわ……」

ちょっと複雑そうに、でも嬉しそうにマリアがそう言った。

どうやらマリアは俺とレアンドラ嬢の婚約の話には賛成のようだ。

それは、かつて話した保護云々《うんぬん》の話を抜きにして、単純に俺の幸せを想ってのことだろう。

でも、

「俺は、彼女の人生を縛りたくないから」

俺と婚約すれば、周りが彼女を逃がさない。

好きとか、嫌いとか、そういう話じゃない。

あんな小さい子の人生を、大変だとわかっているのに俺の都合に付き合わせてこれから先縛るなんてことしたくない。

「まあ、大人《おとな》になっても俺のことを好きでいてくれるなら、俺も答えを先延ばしにしないでちゃんと考えるよ」

真剣な思いをないがしろにはしたくない。

でも、今はまだ考える余裕も、それを受けて誰かを守る自信もない。

無意識のうちに机に置いた紅茶のカップの端を指で弾《はじ》いていた俺の手を、キュリロス師匠がキュッと握ってくれた。

「何があっても、私がお守りいたします。そのための体で、腕で、武器ですので。あなたの盾となり、剣となり、あなたもあなたの守りたいものもすべて守りましょうぞ」

キュリロス師匠マジイケメン。

「ライモンド様。支度が整いました」

「うん。ありがとう、イリーナ」

◆◆◆◆◆

十二歳になってから数か月。

今まではのらりくらりと理由をつけて逃げていたが、もう逃げることもできなくなった。

そう、十二歳とはそれすなわち王族にとっての社交界のデビューを意味している。

非常に憂鬱《ゆううつ》である。

なぜならダンスがあるし、将来の結婚相手を探すために令嬢と、本気で俺に取り入ろうとする輩《やから》や将来自分の部下にするものを見つけるために子息と交流せねばならない。

そして俺はご存知王太子の座を狙《ねら》う第七王子という立場なので、一二〇%興味本位の輩が集まるだろう。

「ライモンド様？　どうかなさいましたか？」

イリーナが不思議そうな表情を浮かべ俺の顔をのぞき込んできたので、安心させるためにふっと笑う。

「大丈夫。ありがとう、イリーナ。さて、そろそろ行こうか」

俺の顔は、ジャン兄様やジョン兄様ほど華がないし、この目のせいでとやかく言う輩が多いせいで伸ばしていた前髪も、今日は仕方がないのでワックスで後ろに撫《な》でつけた。

「んー。やっぱジャン兄様とジョン兄様には敵《かな》わないなぁ」

あの二人はエルフのソフィア様の血を引いているため、人外の美しさを誇っている。

特に、ジャン兄様は食習慣を改善したことにより、以前とは違いすっかり健康体。

美しさに磨きがかかっている。

「ライモンド様も大変美しいです！」

イリーナが少し力強くそう言ってくれるも、それで俺の見た目が変わるはずもなく。

「そう？　ありがとう、イリーナ」

「い、いえ」

改めて鏡を見てみるが、やはりどこかパッとしない。

「まあしょうがないよね。さて、じゃあ行こうか、イリーナ」

「はい、ライモンド様」


「ライ！　十二歳の誕生日おめでとう。これ俺からのプレゼント」

部屋を出てすぐに待ち構えていたのかジャン兄様が俺のもとに走り寄って、耳に紫のアンタロスの花をさしてくれる。

自分では見えないが、俺の黒い髪に透明な紫のアンタロスがキラキラと輝いているだろう。

「ライ、紫のアンタロスの花言葉は知っている？」

「花言葉、ですか？」

「うん。アンタロス自体の花言葉とは別に、色ごとに違った花言葉があるんだ」

そういえば、俺がまだ赤ん坊でマリアに抱き上げられていたころ、初めてジャン兄様に会った時に赤のアンタロスの花言葉は『ずっと大好き』だと言っていたはずだ。

だが紫のアンタロスの花言葉は聞いたことがないので、ふるふると首を振った。

「ふふ。紫のアンタロスは『完璧《かんぺき》な美』。今日は一段と格好いいよ！」

ビシィ！　と親指を立ててバチコーン！　とウインクをしてくる。

いつからこんなにフランクになったんだ、ジャン兄様は。

でもそんなジャン兄様も好き。

真正面から褒められて少し照れ臭く、ふいっと視線を逸《そ》らせば、それに気づいたジャン兄様が何も言わないものの微笑ましそうに表情を緩めるのだからなんだかいたたまれない。

「おい、ジャン。それ以上ライをからかうな」

ジャン兄様のように駆け寄ってくるわけではないが、ノトス連合王国からこの日のために一時帰国したジョン兄様も俺のことを部屋の外で待ってくれていたようだった。

「ジョン！　でも、俺の弟が社交界デビューするんだよ!?　俺の！　弟が!!　なのにテンション上げるなって言うほうが無理でしょ!?」

なるほどジャン兄様もテンションが上がっていたらしい。

「ジャン……。はぁ、すまない、ライ。それより、誕生日おめでと。僕からのプレゼントだ。その、気に入るかわからないが」

宝物を見せるみたいに握った両手を俺の目の前に突き付けて、そっとその手を開いた。

「これ、なんですか……？」

それは細いシルバーチェーンの先に銀細工の小さなかごが揺れるイヤリングが一つ。

そのかごを模したチャームの中には、キラキラと光を放つ宝石のようなものが入っており、それがシルバーに反射している。

ジョン兄様の手からそっとそれを受け取った。

「何か作ってると思ったら、ライへのプレゼントだったんだ」

「え!?　こ、これジョン兄様が作ったんですか!?」

まさかの事実だ。

「作ったのは僕だが、デザインを考えたのはジャンだ。その、僕はデザインを考える才能はないからな」

「じゃあ、ジャン兄様とジョン兄様からのプレゼント、ですね。ありがとうございます。大切にします」

「あ、ああ」

真正面から感謝されることはやはり照れ臭いのか、ジョン兄様は顔を真っ赤にさせている。片方の手の甲を自身の口元に当て視線をさ迷わせながら照れるジョン兄様が女の子だったら絶対にモテモテだっただろうな。

　いや、男の状態でも令嬢たちにモテモテなわけなんだが。

「ジャン、俺の代わりにライにつけてやってくれないか？」

「ん。わかった。ライ、これつけるの右と左とどっちがいい？」

「えっと、じゃあ左で」

「わかった」

　俺の手からイヤリングがジャン兄様の手に渡り、そのまま俺の左耳にそっと手が伸ばされた。

「シュス」

　ぽそりとジャン兄様がそうつぶやくと、耳に重みがかかりイヤリングが俺の耳たぶについたことがわかった。

　どうやらそっと手を伸ばして触れてみるも、取れる気配はなく、どちらかと言うとピアスみたいだ。

　しかし穴を開けたような感覚はないので魔法式のノンホールピアスだろう。

「外したいときは手を触れてエーシュって言えば外れるからね」

「はい。ありがとうございます、ジャン兄様、ジョン兄様」

　頭にはアンタロスの花。耳には輝くイヤリング。

「さて、それじゃそろそろ行こうか？　じゃないと父上が待ちくたびれて迎えに来そうだ」

「そうだな。ライ、準備はいいか？」

「はい。大丈夫です」

◆◆◆◆◆

そのあとパーティー会場に向かうと、外面を被《かぶ》った父上が挨拶を述べ、つつがなくパーティーが始まった。

今回は俺が社交界にデビューするということで、同じタイミングで何人もの貴族の令嬢令息たちもデビューしている。

「ライモンド様！　お会いできて嬉しいですわ！　レアンドラ・バルツァーです。その……覚えていらっしゃいますか？」

パーティーが始まってすぐ、レアンドラ嬢が少し頬を染めて俺に近寄ってくる。

不安の見えるその表情に、俺は後ろめたさもあるので安心させるように微笑んだ。

「ええ、もちろん。お茶会を断ってしまってすみません。妹が生まれたりと、少し忙しかったもので。再会できたことですし、レアンドラ嬢。俺と一曲踊っていただけますか？」

「え、ええ！　喜んで！」

何はともあれ社交界デビューで一曲は必ず踊らなければならない。

俺に初めに声をかけてくれたレアンドラ嬢をダンスに誘い、そのままダンスフロアに歩み出る。

俺は自分で言うのもなんだが、十二歳にしてはキュリロス師匠との特訓で筋肉がついているほうだ。

たとえ俺の成長が思った以上に早く、身長が高くとも女の子のほうが早く成長期がくるせいで体格に大差はない。

とは言え、キュリロス師匠を目指す身として、無様なリードをするわけにもいかずきちんと体格云々足りない部分は筋肉でカバーした。

つつがなく踊り終わり、にこりとレアンドラ嬢に笑いかける。

「ありがとうございました、レアンドラ嬢。それでは、失礼いたします」

「え、あの、ライモンド様!?」

ぺこりと一つ礼をしてすぐにダンスフロアを離れ、立食形式の食事が置いてあるスペースに移動する。

あのまま少し会話をしてもよかったのだが、周りにいる他《ほか》の令嬢たちが寄ってきそうだし、俺たちのことを興味深そうに観察する大人も複数いたのでこれは早めに離れて正解だろう。

その間も俺に声をかけてくる子供はたくさんいたが、すべて軽くあしらう。

第七王子とは言え王族は王族。

俺に取り入ろうとする輩は多いらしい。

「ライモンド様。ライモンド様は普段何をなさっていらっしゃるのですか？」

「ライモンドさまぁ、ダンスはもう踊られませんの？」

「ちょっと！　ライモンド様は疲れていらっしゃるのよ！　ね、ライモンド様？」

レアンドラ嬢と離れて会場を見て回っている途中、他の令嬢たちに囲まれてしまった。数で囲まれてしまい退路が断たれ、逃げ出せなかったのだ。

初めは俺に話しかけてきゃあきゃあと黄色い声を上げていた令嬢たちが、次第に俺そっちのけで互いにいがみ合い始めた。

その隙《すき》にすっとその場を離れる。

「ふーん。まだ小さいのにモテモテじゃん」

「アンドレア兄様？」

ニヤニヤと俺をからかうようにアンドレア兄様が声をかけてきた。

今日の俺の服を見繕ってくれたのはアンドレア兄様なので、兄様は上から下まで俺の服を観察し、満足そうに頷《うなず》いた。

「うんうん。やっぱり俺のセンスは間違ってなかったみたいだねー」

「そりゃアンドレア兄様が選んでくれたものに間違いなんてないよ」

「嬉しいこと言ってくれるじゃーん！　って、あれ？　その耳飾りは？」

俺の耳に揺れるジョン兄様とジャン兄様からの贈り物に、アンドレア兄様は目を瞬かせた。

「それ、竜玉《りゅうぎょく》だろ？　デザインもいいし、いい耳飾りじゃん」

「あ、ありがとうございます。ジャン兄様とジョン兄様からのプレゼントなんです」

「へえ？　いいじゃん。俺こういうの好きだよ？」

俺のイヤリングに触れようと伸ばされたアンドレア兄様の指先が頬をかすめ、見やすいようにか、俺の髪をそっと梳《す》いて耳にかけてくれた。

「ねえ、ライモンド。竜玉の花言葉知ってる？」

「い、いえ」

なまじアンドレア兄様の顔がいいため、ちょっとドキドキしてしまう。

もちろん恋愛的な意味ではない。

たとえ同性であろうと圧倒的美形に至近距離で話しかけられると緊張するだろう？

俺の兄弟みんな顔が良すぎない？

気遣いもできるし、優しいし、ホストになったらみんなナンバーワンになれるよ。

「あなたは私の光。特にジャンカルロはずっと体が弱いのを気にしてたし、ジョバンニは魔法が使えないのを気にしてたから、まさに光みたいな存在だったんじゃない？」

そう言ってアンドレア兄様は俺の髪にさしてあるアンタロスの花にチュッとキスをした。

なんて気障《きざ》なんだ。

俺が女だったら兄弟とか関係なく絶対に惚《ほ》れてたぞ。

気障すぎる兄様も考えものかもしれない。

それともジャン兄様みたいにテンションが上がっているのか？

「……それ、女の子にしたら勘違いされますよ」

「むやみやたらにしないって！　これでも相手は選んでるつもり」

機嫌よさそうにウインクをしてくるアンドレア兄様。

そうか……すでにアンドレア兄様の犠牲者《ぎせい》は出ていたか。

よく周りを見てみれば、アンドレア兄様と同じくらいの年齢の女性たちがこちらを見てキャーキャー言ってる。

「女性は情報の宝庫だし、俺も可愛い女の子が好きだし？　趣味と実益を兼ねてんの。そろそろ俺も行くね」

じゃあね、と俺の頭をひと撫でしたアンドレア兄様がふらりと人垣の中へと戻っていった。

なんだ、ただのリア充か。

◆◆◆◆◆

「あ、ライモンド様!!　探しましたわ!!」

「ライモンドさまぁ！　こんなところにいましたのぉ？」

アンドレア兄様と話しているうちに撒《ま》いたご令嬢たちに見つかってしまったらしい。

再びきゃいきゃいと俺の周りで騒ぎ始めた彼女たちにげんなりとする。

「ライモンド様！　踊ってくださいませ！」

「やだ！　私が先よ!!」

俺そっちのけで再び口論を始めた彼女たちにげんなりとしていると、聞き覚えのある声に遮られた。

「ちょっと！　あなた方、ライモンド様が困っていらっしゃるでしょう!?　口論するだけなら別のところでしてもらってもいいかしら？」

それは今日のダンスで唯一一緒に踊ったレアンドラ嬢だった。

公爵家の娘であるレアンドラ嬢よりも爵位が高い子はいないのか、みな一様に口をつぐんだ。

それに満足したようにレアンドラ嬢はフンっと息をついてから俺のほうに向き直り、貴族の令嬢らしい素晴らしい礼を一つして見せた。

「ライモンド様。他の方がご迷惑をおかけしましたわ」

「レアンドラ嬢が謝ることではないでしょう？」

「いいえ、ライモンド様。公爵家令嬢のわたくしが皆様のお手本にならなければなりませんもの。ですので彼女たちがライモンド様に迷惑をかけたのでしたら、わたくしの責任ですわ」

ドンっと彼女は自身の胸に手を当てて自信満々にそう言った。

でも少しばかり恥ずかしいのか、珊瑚《さんご》色の髪からのぞく耳が少し赤い。

なんとなくその様子がおかしくてくすりと笑った。

「……レアンドラ嬢も学園には入るおつもりですか？」

「え!?　え、ええ。そのつもりですわよ」

「では、俺はパーティーがあまり得意ではないので今度会うのは学園で、ですね。君がいるなら思ったよりも楽しくなりそうですね」

あまり社交的なわけではないのでもう早々にこのパーティー会場からとっとと引き上げたい。

一度レアンドラ嬢と他のご令嬢たちに礼をして、再びパーティー会場の人混みを縫って歩き令嬢たちを撒いた。

だから、俺の言葉にレアンドラ嬢がどのような表情を浮かべていたとしても。

「い、今の笑顔は……反則ですわ!!」

俺が気付くはずもなかった。

◆◆◆◆◆

「あ、ライモンドぉ！　こっちこっちぃ！」

「うわっ!?　お、オルランド兄様!?　な、なんですか。いきなり！」

「え？　えへへー。ごめんねぇ？」

令嬢から逃げるために会場をふらふらと歩いていると、急にぐいっと腕を引っ張られ体勢を崩した。

「あら。可愛らしい。オーリーの言っていた末の弟かしら」

「うん！　あ、ライモンド。この子はフランキスカ。あのねー、おれのお嫁さんになるんだー！」

「初めまして、フランキスカ様。オルランド兄様の弟のライモンド・チェントロと申します」

そう言ってフランキスカ様の手をとってその甲にキスをする。

「まあ！　可愛らしいわね。初めまして、ライモンド様。オーリー……オルランド様の婚約者の、フランキスカ・オッキデンスですわ」

西の王族の証《あかし》でもある紫のふわふわとした髪にオレンジの瞳。

優しそうに見えてどこか芯《しん》のある女性だということがわかる。

「今日は父上にお二人で挨拶ですか？」

「うん。で、周りの貴族にも根回しみたいな？」

いつもぽややんとしているオルランド兄様が、より一層その表情を緩めて幸せそうに微笑みながらそう言った。

「オーリー？　表情が緩みすぎよ？　ほら、ライモンド様の前でだらしないわよ」

「えへへー。ごめんね？　でも俺ずっとフランのこと好きだったから嬉しくって。だって、みんなにフランはおれの！　って言えるんだよ？」

まるで乙女のように口の前で指を合わせて微笑むオルランド兄様に、フランキスカ様もちょっと照れたようで頬を染めつつ照れるオルランド兄様をガン見していた。

その視線に気づいたオルランド兄様が余計に照れ、そんなオルランド兄様をフランキスカ様が凝視するというループだ。

「えっと、あの。オルランド兄様。フランキスカ様。おめでとうございます」

「う、うん。ありがとぉ、ライモンド」

「ありがとうございます」

初々しいカップルのような二人に思わず俺もにっこりだ。

まるで乙女のようなオルランド兄様と、イケメン彼氏なフランキスカ様。お似合いだな。

「そうだぁ。あのね、ライモンドは将来冒険家になりたいみたいな話してたでしょ？」

「え？　は、はい」

「あのね。おれ、フランと結婚したらオッキデンス王国の国王様になるんだぁ。あ、もちろん執務はフランがやるんだけどね、でもおれもそこそこしてあげられることはあると思うんだ。だからね、ライモンドが学園入ってオッキデンスに留学することになったらおれたちにも会いに来てね？」

まだまだ低い俺の身長に合わせて少ししゃがんだオルランド兄様がそっと頭を撫でてくれた。

「はい。ぜひお邪魔させてもらいます」

「うん！　おれもフランも待ってるねぇ。じゃあね、ライモンド。そろそろお父様と話してくるよ」

「行ってらっしゃいませ、オルランド兄様、その、フランキスカ義姉様《ねぇ》も」

なんとなく気恥ずかしく、自分の顔に熱がこもるのがわかる。

「……………オーリー。あなたの弟可愛いわね」

「ねぇ。可愛いよねぇ」

しかし二人ともそんなことを言ってジッと俺のことを見つめるものだからいたたまれない。

「ちょ、ちょっと!!　オルランド兄様もフランキスカ義姉様もあんまり見ないでください！」

視線から逃《のが》れたくて手で顔を隠すと、ようやく俺から視線を外してくれたものの、顔が熱い。

「うん。じゃあ、本当にそろそろ行くねぇ。ばいばい、ライモンド」

「ええ。さすがはオーリーの弟ね。本当に可愛いわ。じゃあね、ライモンドくん。今度はオッキデンス王国で会いましょう？」

今度こそ二人とも手を振って俺から離れていった。

◆◆◆◆◆

「ライモンド。パーティーは楽しんでいるかな？」

「父上。はい、楽しんでいます」

相変わらず子煩悩《ぼんのう》なところは変わらない父の顔はゆるっゆるに緩んでいる。

「ほら、おいで、ライモンド」

そう言って父上は俺を抱き上げた。

すでにいい年、と言ってもまだ子供だが、社交界にデビューした子供を抱き上げるんじゃない。

地味に恥ずかしいんだが。

「よっと。随分重くなったね。僕が前に抱っこした時はまだライモンドは小さかったからなー」

もはやパーティーなんて父上の目には映っていないんだろう。パーティーだと理解して俺を抱き上げているのであれば、早々にやめていただきたい。

「ライモンド、最近はどうだい？　マヤともうまくやれているかい？」

「母上、ですか」

最近は妹のエルの世話をすることや、父上との関係が改善され話しやすくなったためか俺以外の人と交流も生まれ始め、前ほど毎日何時間も話すことはしなくなった。

それが少し寂しくもあり、母上も変わったのだと嬉しくもある。

「マヤは情熱的だからね。たとえ話す時間が短くなってもライモンドへの愛情は変わらないよ」

依然として俺を抱き上げたまま父上がこつりと額を合わせてくる。

「僕はマヤもライモンドもエルフリーデも、みんな幸せになってほしいんだ」

一言言わせてもらうと、うちの家族は自分の顔の良さを自覚するべきである。

年齢のため、顔に多少しわはあるもののそれすらも年相応の落ち着きと色気を醸し出している優しい気な大人の男性、というのが俺の父上に対する評価だ。

もっとも中身は子煩悩な楽天家なわけだが、それが顔の良さを相殺《そうさい》するわけではない。

そんな父上に超至近距離で緩く微笑まれ、さらにその内容が自分の幸せを願う内容だった時の破壊力は計り知れない。

この人の子供に生まれてよかったと、そう感じてしまう。

「あれ？　ライモンド、少し顔が赤いね。疲れた？」

「い、いえ…………っ」

気づいていてもそこは黙っていてほしかった。

顔をそむけても父上に抱えられている状態ではすぐに抱え直されて再び向き合うことになるのだ。

それを何度か繰り返し、俺は諦《あきら》めた。

たとえそれを何人もの貴族に微笑ましそうに見つめられていても!!

ちなみに父上の子煩悩っぷりは世界的に有名なので、パーティー中に父上が俺を抱っこしていてもそれが当たり前のような反応をされるのだ。

いや、問題にならないのであれば構わないが、すごく恥ずかしい。

助けを求めるようにホールにいる他の兄様たちに視線を向けると、全員に遠い目で親指を立てられた。


なるほど、これが通過儀礼なんですね??

それは先に知りたかったです！

こうなったらむしろ父上のノリに合わせたほうが楽な気がする。


父上の肩に乗せるだけだった手を、するりと首に回してぎゅっと抱きつく。

「お？」

「父上、俺は幸せです。父上も母上も、もちろん兄様たちも俺のことを愛してくれてますし」

抱きついていた体勢を戻し、真正面から父上の綺麗《きれい》な緑の瞳を見つめながら自分のできうる限り蕩《とろ》けた表情を浮かべる。

「大好きですよ、父上。いつもありがとうございます」

「…………っっっ!!　………っっ！！！」

父上が嬉しそうに顔を上気させて、さらに目に涙も溜《た》めている。

「僕の息子が天使だ！！！！」

そう言うと父上は一度俺を地面に下ろし、脇《わき》に手を入れ再び持ち上げてその場でくるくると回り始める始末。

「おいおい、アブラーモ。子供が可愛いのはわかるが、あまり私の甥《おい》をいじめてくれるな」

本格的に酔い始めたころ、渋い声に止められ、俺は父上の腕から解放された。

「ああ、カイザー・オズヴァルト！　今日は会えないかと思っていた！」

俺を下ろした父上がその渋い声の持ち主、現オスト帝国皇帝オズヴァルト・フォン・オストに声をかける。

「すまない。どうにも最近山間部で魔物の活動が活発でな。代わりに妻と息子だけ先に向かわせていただろう？」

「ああ。先ほどカイゼリンとご子息から挨拶をいただいたよ。マヤにはお会いになられましたか？」

「ああ、もちろんだとも。それでぜひ君が王宮に隠している可愛い甥っ子に会いに来たんだが、その子だな？」

母上と同じグレーの瞳。

吊《つ》り目がちなその相貌《そうぼう》は母上によく似ていた。

「初めまして、私は君の伯父《おじ》にあたる、と言ってもわかるかな？」

「はい、伯父上。母上の兄様ですよね。お話に聞いています」

俺は王宮からほとんど出ないし、伯父上も一国の皇帝だから会うことはなかった。

もしかしたら俺が生まれた直後とかになら会ったことがあるかもしれないが、その時は絶賛知恵熱で意識がもうろうとしていてろくに覚えていない。

「君の活躍はマヤからの手紙でよく知ってるよ。なんでもベルトランド教授といろいろ研究をしているそうじゃないか」

「研究というほどのことではありませんが……。そうですね、ジャン兄様やジョン兄様のこともありますし、いろいろと話はしています」

そう言うと、伯父上はにっこりと笑みを深め、俺の頭にポンっと手を置いた。

「まったく。まだ小さいのに立派なものだ。いつか私やオストのためにもその頭脳を使ってくれよ？」

期待している。と、そう言って伯父上は再び父上と一言二言話して離れていった。

伯父上に撫でられた頭に触れる。

その時ふと、強い視線を感じた。

キュリロス師匠との鍛錬で研ぎ澄まされた感覚で辺りを見渡せば、ふと、赤い瞳と目が合った。

自分よりも一つか二つほど年上だろうか？　黒い髪を持つ少年は、オスト帝国の皇太子、つまり俺の従兄《いとこ》ではなかったたか？

そう考えていると、そいつは俺を一度キッ！　と睨《にら》みつけ、すぐに踵《きびす》を返して去っていった。

「なんだ、あれ？」

◆◆◆◆◆

あの社交界デビューから一年とちょっと。

俺は最低限出席しなければならないパーティー以外はできうる限り欠席している。

だってあの日以降父上はパーティーの度に俺を抱き上げたまま周りの貴族に自慢しに行くのだ。

正直言って面倒臭い。

それに気恥ずかしい。


「ライモンド。本当に今年から学園に行くのか？」

「え？　ええ。そのつもりです」

いつものようにベルトランド兄様の部屋で勉強を教えてもらっているとそう言われ、俺は当たり前のようにそう答えた。

「社交界デビューしてから、前にもましてマヤ派、カリーナ派両方の貴族からのアプローチが増えましたし、ジャン兄様に言われていた目を開かずとも周りの情報を知る魔法もできましたし。頃合《ころあ》いかなって」

詳しい内容は割愛《かつあい》するが、随分前にジャン兄様からお願いされていた魔法。実は完成しているのだ。

だから俺が王宮を出てもジャン兄様が犠牲になることはない。

だってジャン兄様に今年学園に行くって言ったらすごくいい笑顔で荷造り始めてたし。

「身分を偽るのだろう？」

「ええ、まあ。ばれてもいいことないですし」

チェントロ王国にある学園なのだから、生徒の多くは貴賤《きせん》に拘《かか》わらずチェントロ王国の国民であるが、世界の中心であるうちの国はすべての流通の通り道になるので、書物や技術、知識がよく集まり世界でもトップクラスの教育が受けられるため、他国からの入学者も多い。

年々その規模は拡大していき、ずいぶん前から『チェントロ王国学園都市』として一つの都市になっている。

学園の生徒はみなその学園都市の中で生活をし、親元を離れて自立と自律を学ぶ。

平民の学生は、現代で言うアパートに一人暮らしだが、貴族の学生は貴族にしては小さい（しかし現代日本では大きい）一戸建ての屋敷にメイドや従者を連れて住むことになる。

その学園都市は高く分厚い壁に囲まれており、都市の中に入るためには厳しい検問が設けられている。

俺がベルトランド兄様に教えを乞《こ》う前は、ベルトランド兄様はそこで生活をしながら、実際に学園で教鞭《きょうべん》をとっていた。

正直ベルトランド兄様から一流の教育を受けているので入学する必要もないのだが、今後冒険者になるのであれば学園での伝手《つて》というのは結構重要になる。

なぜなら教師から遺跡の調査の依頼や、魔物の討伐依頼を申し出られることもあるし、生徒同士でパーティーを組んで、その結果次第ではいいギルドに推薦とかあるし。

まあそんな学園に、王族という身分を持ち込みたくないのだ。

そんなこんなでとりあえず、

「ベルトランド兄様。俺学園では別の名前で通うので見かけても声はかけないでくださいね」

「なにっ！！？」

◆◆◆◆◆

前髪の長いグレーの髪に、分厚い眼鏡《めがね》で顔を隠す。

白いシャツに少し大きめのカーディガンを着ているのでどこか野暮ったいように見える。

第二次成長期も迎えたので身長も伸び始めた。

極力社交界に出ないようにしていたので、この姿を見ただけで俺だと結び付ける人のほうが少ないだろう。

十三歳になる俺は、ついに学園に入学できるようになった。

さすがに王宮のものがいる前で髪色を魔法でグレーに変えてしまっては学園でばれるリスクが増えるので、元の黒色に戻しておく。

それと同じく、前髪や眼鏡で瞳を隠すわけにはいけないので王宮で過ごす間は適当に前髪を分けて視界の邪魔にならないようにしていた。

しかし、学園に入れば俺は貴族としてではなく平民の学生として通うつもりでいるのでメイドや従者に気を遣わずに好きな格好をすることができるのだ！

「え、わ、私は連れていっていただけないのですか!?」

「え？　俺は誰も学園に連れていかないよ？」

前々からその旨を伝えていたはずなのだが、なぜかイリーナは非常に驚いている。

「前から言っといただろう？　俺は勉強するために学園に行くから自分が王族であることを言うつもりもないし、貴族と関わるつもりもないからお世話する人はいなくていいって言っただろ？」

「で、でも。お、お食事はどうなさるんですか!?」

「学園都市内にはレストランも軽食屋もあるから食べるのには困らないよ」

「しょ、食費がかさみますよ！！？」

「バイトはするつもりだから大丈夫」

「バイト…………!?　ら、ライモンド様が！！？」

ショックを受けたような表情のイリーナには悪いが、俺は一人で生活したいんだ。

「とにかく！　俺は誰も従者を連れていくつもりはないから！」

「ら、ライモンド様!!」

イリーナの声に後ろ髪を引かれるものの、俺は当分の着替えの入ったトランクを持って自分の部屋を出る。

「ライモンド！　あなた、本当に学園に行くの⁉　そんな！　まだ、先のことだと思っていたのに‼」

「は、母上‼　落ち着いてください‼」

俺の肩をがっしりと掴《つか》んだ母上を落ち着かせる。

「勉強したいと思って時期を早めたことは謝ります！　でも、俺の家はここですよ！　必ず帰ってきます。母上は、俺をここで待っていてくれないんですか？」

「そ、そんなことないわよ‼　だって、でも………せっかくアブラーモ様とも、あなたともいい関係になれたと思ったのに」

今までが今までだった分、母上は努《つと》めていい母親であろうとしてくれた。

自分の中ではまだ納得いっていないのか、ひどく申し訳なさそうな母上に、ふっと笑いかける。

「母上。俺の家はここですし、母上は俺の家族です。俺は、そんな家族の絆《きずな》が学園と王宮で離れたからといって弱くなったりしないですよ。手紙も出しますから」

それでも寂しそうな母上の背中に腕を回す。

「長期休みには顔を出します。行ってきます、母上」

「………待っているわ。愛しているわ、私の可愛い可愛いライモンド」

「俺もです、母上。行ってきます」

どことなくしょぼんとした表情の母上の頬にキスをして部屋を後にした。

◆◆◆◆◆

「ライ!!」

「ジャン兄様!」

部屋を出て王宮の外に向かうべく歩いていると、王宮の入り口のところにジャン兄様が立ってこちらに手を振っている。

「今日ベルトランド兄上と学園に行くんでしょう? その見送り。俺はライがまだ赤ん坊だったころからずっと一緒だっただろう? だからベルトランド兄上にお願いして時間をもらったんだ」

そう言ってジャン兄様は嬉しそうに微笑んだ。

「それ、つけてくれてるんだね」

ジョン兄様が自身の耳をちょいちょいっと指さした。

それは、俺が社交界デビューした時にジャン兄様とジョン兄様にいただいたイヤリングをつけている場所だ。

そっと指を伸ばせば、冷たい金属が指先に触れる。

「気に入っているんです。それに、兄様二人からいただいたものなので、できるだけつけておきたいんです」

そう言うと、ジャン兄様が嬉しそうに顔を赤らめ俺を抱きしめた。

「うわっ！　じゃ、ジャン兄様!?」

「もー！　ライがいなくなるの寂しいんだけど!!」

ぎゅっと抱きしめてくる腕が一対だけなのが妙に寂しい。

「ジョンも、今年まで待てばライを見送れたのにね！」

南にシエンを学びに行ったジョン兄様はもちろんここにはいない。

「ライが学園都市に行ったらしばらくこうやって会えないね。俺も近いうちに王宮から出る許可はもらってるし」

「気をつけてくださいね？　ジョン兄様、無茶はしないでください」

「うん。……………ライも、辛《つら》かったら、帰ってきたらいいからね」

「はい」

「……………俺も、ジョンもそうだったけど、母上だってライのことは気に入ってたんだから」

「ありがとうございます」

「……………寂しくなるね」

本気でそう思ってくれているようで、わずかにジャン兄様の声が震えた。

愛されていることがわかり、心がぽかぽかと温かくなる。

「俺も手紙書くから、ライも書いてよ？」

「もちろんです、ジャン兄様」

「平民として暮らすから従者は連れていかないんでしょ？　じゃあ、あまり会いに行かないほうがいい？」

「そう、ですね………。ジャン兄様が王族だってばれないように変装してくれるなら、歓迎します」

「平民の変装………。うん、大丈夫。またジョンと一緒に行くよ」

「はい。待ってます」

「じゃあ、行ってらっしゃい」

「行ってきます。ジャン兄様」

改めて二人に挨拶をして、王宮を後にした。


生まれてから十三年。王宮から離れるのはこれが初めてだ。

ホフレのことを抜きにしたら、だけど。

パーティーに出席するとなっても、王宮で開かれるパーティーしか出たことがない。

勉強も鍛錬も王宮内で事足りてしまうのだ。

しかも東西南北、それぞれ各王妃の出身に合わせて誂《あつら》えられた庭を見るだけでも楽しめるので、特別城下に行きたいと思ったこともない。

買い物の仕方ばっかりは学園都市についてから学ぶ必要がありそうだ。

物価とか品質とかは実際に経験しないとわからない。

「うん？　もういいのか？」

俺が王宮の前に停《と》めてある馬車の扉を開けると、先に馬車に乗っていたベルトランド兄様が少し驚いたようにそう言った。

「ベルトランド兄様…………。はい。また長期休暇には戻ってこれますし」

「そうか。まぁ、何も学園都市は監獄と言うわけでもない。お前が帰りたければ、いつでも帰ることができる」

「ええ。今は学園で学ぶことだけを考えます」

「そうか……」

それっきりベルトランド兄様は優しい顔で微笑んで、黙って窓の外に視線を向けた。

俺もそれに倣《なら》って窓の外を見る。


改めて説明すると、チェントロ王国の学園には大きく分けて三つのグレードがある。

平民や、下級貴族で家庭教師を雇う余裕のない者たちが歴史や計算などの一般教養を学ぶための初等部。

初等部を出た学生や、一定の試験をクリアした貴族たちが専門的なことを学ぶための中等部。

中等部では、騎士科や魔導士科などの職業ごとの科が存在しており、それぞれの学生が将来何になりたいかによって科を選べるようになっている。

高等部は、主に学園で教師として働くために学ぶ場だったり、より専門的なことを研究する場で、何か研究でいい成績を残したり、もしくは中等部にある科と同じ職業についたことがあるものが、人に教える方法を学ぶのだ。

いわゆる大学教授、もしくは大学院と同じようなもの。

研究する場を与えるから下の子たちに教えてね、みたいな。

俺が行くのは中等部の騎士科だ。

魔導士科に通うことも考えたのだが、魔導士科の履修内容はすべてベルトランド兄様に教えていただいたので、改めて講義を受けるまでもない。

もっと言ってしまえば、魔導士科の教鞭はベルトランド兄様がとっているので、今までに習ってきたことと重複するのだ。

また、学園都市ではキュリロス師匠と鍛錬ができないので剣の腕を鈍《なま》らせないためという理由もある。

騎士科は有名な冒険者も多数輩出しているのでそれも楽しみだ。

「じゃあな、ライモンド。私は必ず学園都市の中にはいる。何か困ったことがあるなら私のところに来るんだぞ」

「ベルトランド兄様は心配性ですね。大丈夫ですよ。俺だってもう子供じゃないんです」

両手を髪に当て、色をシルバーグレーに変えていく。

懐から色のついたガラスがはめ込まれた伊達《だて》眼鏡。つまりはサングラスを取り出しかける。

とうてい王族に見えないラフな格好、綿のTシャツとズボンに着替えた。

「じゃあね、ベルトランドせんせ。学園であったらよろしくね？」

からかい交じりにベルトランド兄様をそう呼べば、ベルトランド兄様はふっと表情を緩める。

「どうやらお前には魔法の才能があるようだからな。いつでも我が科への異動は歓迎するぞ？　ライ・オルトネク」

第六話

『協力してほしいんだけど、どうすりゃいいの？』

I was born as
the seventh prince,
what should I do?

ライ・オルトネク。

俺《おれ》の新しい名前。

名前は変わりすぎると呼ばれた時にとっさに反応できないからライモンドを縮めただけ。

オルトネクは、ローマ字にすればわかるかな？

『ＯＲＴＮＥＣ』

反対から読むと
『ＣＥＮＴＲＯ』

イタリア語の発音でチェントロになる。

単純だけど、この世界にローマ字はないのでばれないばれない。

名前が王子に似ているのは同じ年に生まれたから恩恵にあずかろうと思って。

家名で呼ばれると反応が遅れるのは、田舎《いなか》出身で互いに身内感が強くて家名で呼び合わないから。

ばれない、ばれない。

大丈夫、大丈夫。


今回俺が住むのは学園が学生向けに貸し出している、家具付きの学生寮だ。

トイレ、キッチンは共同。洗濯は中庭のようなところに洗い場と物干し場が併設されている。

三階建ての口の字型になっている建物で、上の辺の部分に共同スペース。下の辺が入り口と、三階までの吹き抜け。

左右の辺の部分に部屋が並ぶ形だ。

俺は三階の一番端、三〇一号室だ。

ちなみに階段は建物内に三か所ある。

下の辺と縦の辺の接点に一か所ずつ。そして、上の辺の真ん中部分に一つだ。

ちなみに俺の部屋は左側の階段を上り切ってすぐの部屋だ。

とりあえず当分の衣類と雑貨類の入った二つのカバンを担ぎ直し、俺は階段を上り始めた。


「っと、ここか。まあ、階段に近いとはいえ角部屋はありがたいな」

事前に預かっていた鍵《かぎ》を扉に差し込み開けようとしたその時、自分の隣の部屋となる三〇二号室の扉が開いた。

「あれ？　君新入生かい？」

オリーブ色の髪を持つ眼鏡《めがね》をかけた男に話しかけられた。

年は俺よりも二つか三つほど上だろうか。

「初めまして、僕はオリバー。君も魔導士科かな？」

友好的に笑いながらスッと手を差し出してきた彼の手を取るべく、俺も手を伸ばす。

「よろしく、オリバー。でも俺は魔導士科じゃなくて騎士科なん、だ……？」

間違いなく彼の手を掴《つか》もうと握った自分の手が空を切る。

不思議に思い視線を彼の顔から手元に落とすと、握手できないように彼の手が少し上に持ち上げられていた。

「えーっと？　オリバー？」

「騎士科？　商業科でも技術科でもなく？」

「え、そう、だけど……」

「ふーん」

オリバーはそれだけ言うと、結局握手をすることもなくそのまま俺の隣の部屋に戻った。


「え、なんだったんだ、あれ」

釈然としないまま俺は荷物を部屋の中に運び入れ、黙々と片づけをする。

学園は特に決まった制服はない。

ないが、自分の所属がわかるように校章のようにそれぞれの科や専攻がわかるようなものをつける。

例えば騎士科ならドラゴンの描かれたチャームだ。

魔導士科なら千年樹、社会人文学科は開かれた目、商業科は宝石の結晶、技術科は歯車。

高等部に上がると紋章がぐるりと蔦《つた》で囲まれ、教授として認められればその蔦の輪に花が咲く。

俺は騎士科の一年なので、ドラゴンの描かれたごく普通のチャームだ。

ちなみに社会人文学科は魔法、技術、商業以外に関する歴史や文学などについて学ぶ科だ。

農業や牧畜に関しては学ぶものではないと考えられているし、医学に関しては魔導士科から分岐する白魔法に当たる。

地理や理科系の科目に関してはそもそもそんな学問はこの世界にない。

地理は地図があれば事足りると考えられているし、理科に関しては魔法の陰に隠れて誰《だれ》も重要視していない。

まあその分魔法が生活のいたるところに浸透してるんだけどね。


「電気の代わりに光る植物。家電の代わりに魔石。ある意味エコだよなー」

チェントロ王国で使用されている魔伝《までん》に使われるような魔石はいわゆる化石と同じで、長い年月地中の魔力を圧縮し続けた結果だ。

何千、何万年と魔力を少しずつ蓄積していくので、ほとんど一生ものだ。

その分採れる量は少なく一般に流通しない。

その代用品として一般に流通しているのが魔物からとれるコアだ。

冒険者の主な収入源がこれで、強い魔物ほどこのコアに含まれる魔力が多く高値が付く。

もっとも魔石よりも安価というだけで魔物のコアもそこそこ値が張る。

なので俺の新居にある照明は竜玉《りゅうぎょく》だ。

世話をする必要はあるものの、枯れない限り半永久的に照明として使える。

「ほんと、便利だよなー」

ある程度部屋を片づけて、ふと先ほど出会ったオリバーのことを思い出す。

「にしても、なんで騎士科って言っただけであんなに態度が変わったんだ？」

友好的だった態度が一変した。

ベルトランド兄様からは特に何も聞かなかったが意外と学園内にも面倒な問題が転がっているのかもしれない。

ほら、同じ学校でも科が違うと「あっちの科はこういう人が多いから」とか「問題起こす奴《やつ》が多いから」とか、そういう偏見が摩擦を生むとかあるよね。

それが学園内で、魔導士科と騎士科で起こっていたとしたら？

「非常に、面倒」

その一言に尽きる。

もともとベルトランド兄様に魔法を教わっていたこともあるし、自分にキュリロス師匠ほどの剣の才能がないことはわかっている。

ならば剣と魔法、その両方を駆使するしかない。

それなのに、対立とは。


「面倒極まりない」


面倒だ。面倒だと言っても物事が急に変わるわけでもないし、時間が止まるわけでもない。

あれから数日、たまに隣室のオリバーと顔を合わせることはあるものの、特に会話が生まれることなどあるはずもない。

それはさておき学園に行かないことには始まらない。

俺はあらかじめ用意していた灰色のズボンに白いシャツ。それから紺色のベストを羽織る。

さすがにブレザーは動きが鈍くなるので着ないけど、これで俺の格好はさながら学生コスプレだ。

胸元に所属を表す紋章を付ける。

鏡の前に立ち改めて自分の姿を見るとなんとまあ特徴のないモブ学生だ。

緑の目。それさえなければ平々凡々《へいへいぼんぼん》な日本の男子中学生だ。

まあ多少日本人の平均身長よりは背が高いかもしれないが。

とは言え日本だと一般的なこの黒い髪はここでは異端だ。

一目でオストの皇族と血のつながりがあるとわかってしまう。

なので当初の予定通り、髪に手を当て色をグレーに変えていく。

この緑の目もチェントロの王族とわかってしまうので、色付きの分厚いガラスの入った眼鏡をかけ、前髪を鬱陶《うっとう》しいぐらい前に下ろす。

「なんという不審者スタイル」

もはや自分でも笑いが零《こぼ》れる。


やっぱり学生と言えばローファーだよな。

初めての学園で特に持っていくものもない。

だから綿でできたショルダーバックを肩にかけ、黒いローファーを履いて外に出る。

「行ってきます」

ついつい口をついて出た言葉にもちろん返事があるはずもない。

ほんの少し自分の独《ひと》り言が恥ずかしくなり急ぎ早に振り返ると、ちょうど学園に向かうところだったらしいオリバーと目が合った。

「……フッ」

しかもものすごく小ばかにするように笑われた。

すごくイラッときたぞ。

俺が怒らないとでも思っているのか？　あいつは。

さすがに俺だって人の子だ。

自分に非のないことで勝手に敵視されて嘲笑《あざわら》われて俺が怒らないとでも？

悠々と歩いていくオリバーの背中に俺は新たな目標を立てた。
「魔導士科の連中に一泡吹かせてやる」

朝から嫌な気分になった。
とにもかくにも学園に行かなくては始まらない。
学生寮から出て学園へと続く道を歩く。
だいたい徒歩で二十五分ほど。
まあ歩けない距離ではないが、自転車のようなものが欲しい距離ではある。
もっともそんなものはないので自分で作るしかない。
こんな時、そういった技術に秀でている人とのつながりが欲しくなる。
学園にいる間のもう一つの目標はそれだな。

それにしても、随分と発展している街だ。
学園都市と銘打つだけはあり、学園生活に必要なものは大体揃《そろ》っているようだった。
文具屋、服屋、食品を扱う様々な店舗。
あれは武器屋だろうか。いかにも魔術師が持つような杖《つえ》がディスプレイされている。
さらにはどう見ても娯楽品だろう店まで取り揃えられている。

何と言うか、どこぞの魔法界の何とか横町を彷彿《ほうふつ》とさせるな。

その内この街も制覇したいな。

今は父上から多少、と言っても王族の多少だから一般人と同じ生活をしようとすれば一生安泰に暮らせるくらいの金銭はもらっている。

とは言えそれに頼る気は毛頭ないので、近いうちにバイトを始めようと思う。


そうこうしているうちに徐々に学園が見えてきた。

石造りの塀《へい》の中に円形の建物が見える。

王宮よりも無骨だが、学問を修める場なのだから華やかすぎるよりもこのくらい無骨な方がいいだろう。

石造りの塀には四方に門があり、門の内部には受付があるようだった。

「あら、新入生かしら?」

「あ、はい。騎士科です」

受付のお姉さんに声をかけられ、俺は胸に付けた紋章を見せた。

「ふふふ。初々しいわ~。今日が初めてだものね。その紋章のこともわかるかしら?」

その言葉に首を振ると、受付のお姉さんは微笑《ほほえ》ましそうな笑みを浮かべ、言葉を続けた。

「ようこそ、世界一の学園へ! あなたのその紋章はここではあらゆる場での身分証となり、通貨の代わりにもなります。紋章を持たないものはこの門にございます魔方陣により外に弾《はじ》き出されることになるでしょう。それと同様にあなたが許可されていない扉をくぐろうとすればプロテクトがかかりペナルティが課されることになりますのでお気をつけくださいませ」

怒涛《どとう》の勢いで始まったまるでＲＰＧのＮＰＣのような説明口調に少し気圧《けお》される。

「また学園内の商店での買い物はその紋章がある限り通常よりも割引された価格で購入可能でございます。こちらが学園内のマップでございます」

そう言うと俺の紋章から立体マップが出現した。

「では、良き学園ライフを！」

お姉さんにそう言って送り出されると、自然と足が一、二歩前に出る。

ふと振り返るとすでに俺以外の新入生と思《おぼ》しき学生が受付のお姉さんの前に立っていた。

「ようこそ、世界一の学園へ！」

そして同じセリフを繰り返す。

「ある種のホラーだな」

とりあえず騎士科の教室に急ごうと学園内に歩を進めた。


塀から学園のメインの建物の間までには庭があり、ベンチや噴水なども点在する。

大学が一番イメージに近いかもしれない。

ベンチに座り談笑する者や一緒に本を囲んで悩む者。

学生然とする先輩たちのその姿を横目に学園内を進み、俺はマップに表示される騎士科の教室に入る。

中に入るとまだ授業が始まるまで時間があるためか人はほとんどいない。

大学の中教室ほどの広さ。

大学なら不真面目《ふまじめ》な学生に人気のスポット。

教室の一番後ろの窓側の席を陣取る。

ただ講義が始まるのをただ待っているのも暇なので、ベルトランド兄様にもらった魔導書を読む。

王宮で教えてもらっていたものよりもより専門的なものだ。

それこそ学園の魔導士科の上級生が学ぶようなもの。

主にダンジョンに挑むための魔術だが、そのほとんどが前衛を前提としていない魔術ばかりだ。

と言うよりも、剣士や他《ほか》のジョブを考慮していない。

敵ごと周りの仲間も焼き尽くしかねない火炎魔法。

バラバラに粉砕しそうな水流を操る魔方陣。

かと思えば何人もの術師を必要とする実践では到底使えそうにないものばかりだ。

とは言えその理論自体はこれからの俺に役に立ちそうなのでできるだけ頭に叩《たた》き込む。


しばらくそうやって集中しているとふと俺の読む本に影が差した。

「あー？　なーんで魔導士科の野郎が騎士科の教室にいるんだよ」

顔を上げればいかにもやんちゃしてますみたいな見た目の男。

銀の髪に青い瞳《ひとみ》。

その見た目だけで言うなら北の国の出身だろう。

眉間《みけん》にしわを寄せ、いかにも不快だという態度を隠しもせずに俺を見てくる。

お？　喧嘩《けんか》売ってんのかコラ。

思わず眼鏡越しに睨《にら》み返してしまう。

「お？　なんだコラ。ヤんのかコラ」

俺が無反応なのを勘違い（ではないが）したのかさらに睨みをきかせてきた。

なのでわかるようににっこりと笑みを浮かべる。

「俺の胸の紋章が見えないのか？　だとすれば騎士は向かないんじゃないのか？　そんな節穴じゃ魔物の動きを見逃《みのが》しますよ？」

「…………んだとコラッ！！？」

「ははッ！　人を見た目で判断するなど笑止千万《しょうしせんばん》。なんなら今から俺の剣術をその身で確かめるか？　ん？」

ピキピキと相手のこめかみに青筋が走った。

そのまま周りに視線を走らせれば、気づかないうちに随分と時間が経《た》っていたようで教室にはかなりの数の生徒が集まっていた。

そのすべての視線が俺と目の前の男に注がれている。

「ホホォ……？　その軟弱な肉体で？　このオレ様とやり合おうってのかァ!?　アァッツ！！？」

「おいおい、そう躍起になると小者臭がひどいからやめとけよ」

挑発すればするほど相手の表情がひどくなる。

「上等だ、コラ。表出ろ。斬《き》り殺してやる」

「名前を名乗ろうか？　自分を倒した男の名前は知りたいだろう？」

「アルトゥール・シーシキンだァ。よかったなァ？　自分を倒す男の名前が知れて」

「え？　シーチキン？　マグロ？　魚なの？　魚類が人間様に勝てると思うなよコラ？」

俺も立ち上がりそいつとメンチを切っていると、教室の扉ががらりと開いた。


「おやおや。今年の新入生は随分と威勢がいい」


落ち着いた大人《おとな》の男性の声が教室に響く。

そちらに顔を向ければ壮年の男性が入り口に立っていた。

しかし、その胸元に目を向ければ彼が教師であることは一目瞭然《いちもくりょうぜん》。

俺たちと同じドラゴンの紋章を取り囲む草と花の環《わ》。

「でも、これじゃ私の自己紹介もできやしない。二人とも、席に着いて」

「アァッ!?　こいつをぶん殴るまで気が済まねェ！」

よほど俺に煽《あお》られて気が立っているのか、シーチキンは教師に対してもがなり立てる。

「すみません、教授。この男に初対面で怒鳴られて気が動転していました。静かにします」

「アァンッ!?　テメエ、何いい子ちゃんぶってんだ、コラッ!?」

先ほどとは一転、従順な態度で腰を下ろした俺にさらに青筋を走らせたシーチキンが喚《わめ》きだす。

それに対し、俺は先ほど教師に述べたように口を開かず黙って笑みを浮かべれば、さらに相手は激昂《げっこう》し始めた。

そして俺の胸倉を掴もうと手を伸ばすと、それは別の何者かの手によって遮られた。

「私は、席に着けと、そう言ったはずだ。アルトゥール・シーシキン」

ギシリと骨のきしむ音が俺にまで聞こえそうなほど強く掴まれたシーチキンは、その顔を青くさせた。

「そうか、そんなに血の気が多いとただ席に着いてジッとしておくのも大変だろう？　連帯責任だ、ライ・オルトネク、アルトゥール・シーシキン。両名とも訓練場に出なさい。他の生徒たちもだ。早速だが今の君たちの実力でも測ろうか」

笑顔のまま先生の目が見開かれた。

「自分たちの弱さを知るのもまた学びだ。さ、早く動きなさい」

◆◆◆◆◆

魚類と喧嘩を売られ、引っ込みがつかなくなったそいつのために、俺とクラスにいた同級生は訓練場へと足を運んだ。

「まったく、今日は簡単な自己紹介くらいで終わろうと思っていたのに、君たちのせいで予定が狂ってしまった。いい戦いをしてくれることを期待しているよ、シーシキン、オルトネク」

いまだに名前も知らぬ教師の怒りを買ってしまったらしい。

俺は途中でやめたのに、魚類が騒ぐから……。と軽く責任転嫁をしながら俺は剣を構えた。

「はっ！　そんな魔導士科みてぇな細腕で俺に勝てると思ってんのか!!」

シーチキンがそう言って剣をこちらに向けてくる。

「では、いざ尋常に」

そう言った教師の手を打った音を合図にマグロがこちらに踏み込んだ。


（速い……ッッ!!）


とっさに剣で受けるが、ギィンッッ！　と金属と金属のぶつかる音がし、腕に衝撃が走る。

剣でしっかりと受けたのにも拘《かか》わらずこの威力。

すごんでくるだけあって、シーシキンの腕はなかなかのものだ。

キュリロス師匠の斬撃《ざんげき》に慣れているとは言え、それでも速い。

「オイオイ!!　どうしたってんだよ！　さっきまでの威勢はどうした!?　アァッッ!?」

反撃に打って出たくてもシーシキンの攻撃が激しく防御に回るしかない。

いっそ思い切り距離を空けようと後ろに飛んでも、すぐさま距離を詰められる。

俺は別に剣の才能があるわけではない。

キュリロス師匠に教えを乞《こ》うて、鍛錬を積めば積むほど、あの人の領域にはたどり着けないと突きつけられる。

せいぜい人並みか、努力を積み重ねて普通の人よりも多少できるくらいだろう。

まだまだ習い始めたばかりの俺が何を言っているのだと思われるかもしれないが、それでもやはりわかるのだ。

天才とは九十九％の努力と一％の閃きとは言うが、凡人はその一％を思いつかず、いつまで経っても一〇〇％にはなれない。

でも、シーシキンは違う。

多分、その一％を閃《ひらめ》ける側の人間だ。

技選び、剣運びすべて俺よりも優れている。


……何とかして魔法を発動する時間ができないだろうか。


しかし、なかなか防御から攻撃に転じることができず、体力だけが減っていく。

それは相手も同じで、シーシキンの額から汗が伝った。

しびれを切らしたシーシキンがビキリとその額に青筋を立て、攻撃の手を止めた。

「オイオイ!! 遊んでんじゃねぇよ! 俺にさんざん突っかかってきておいてそんなざまか!?アアッツ!?」

攻撃を止め俺から距離を取ったシーシキンが、その剣の切っ先を俺に向けながらそう叫んだ。

「いやー。思ったよりも強いね。俺驚いたよ」

へらりと笑いそう言った俺にシーシキンは余計に苛立《いらだ》っているようだ。

「でもさー、攻撃の手を止めたのは間違いだったんじゃない?」

「ハァ……?」

何を言っているのだと、シーシキンが顔をゆがめた。

己の刃《やいば》に指を当て、魔法をかける。

やったことはないけれど、理論上できないことはないはずだ。

「だって、まだ戦ってないよ? 俺」

攻撃は受けただけ。

まだ俺の戦い方も、何を狙《ねら》っているのかも、それをわかってないのに手を止めたのは早計だったんじゃない?

「でも、君の油断のおかげで勝ち筋が見えたよ! ありがとう!」

相手を煽るために、わざと満面の笑みでそう告げた。

「……ぶっ殺す」

挑発に乗ったシーシキンが今までで一番のスピードで俺に踏み込んできた。

切っ先が俺の首に届く直前、何とか自身の剣を滑り込ませその刃を受けた。

ギィンッ!!

「ハッ！　大きな口叩いといてそんなもん、ッ!?」

迷いなく俺へと向けられていたシーシキンの切っ先がグンッと地面に引き寄せられるように落ちた。

「ア……？」

何が起きたのかわかっていなさそうなシーシキン。

そりゃそうだ。

「どう？　自分の武器の重量が大きくなった気分は」

「ア？　ジュウリョウ？」

その問いには答えずに、俺は初めて自分から剣を振りかぶった。

上から振り下ろした俺の攻撃をとっさに受けとめたシーシキンが、再び重量の大きくなった自らの剣の重さに顔をしかめる。

効果は物にかかる重力を大きくすること。

発動条件は刃に触れること。

残念ながら効果は十秒ほどだが、それでも勝つための隙《すき》を作るには十分だ。

まだ重力強化の魔法の効果が切れないうちに、再び切りかかりさらにシーシキンが剣を振りにくい状況に追いやる。

別にちゃんと重量を量ったわけじゃないから倍々で重くなっているかはわからないが、それでも三度切り込めばシーシキンは普段通り刃を振るえない。

利き腕の右手で剣を振るい、その間に左手に魔方陣を浮かべる。

受け止めればまた重量は増え身動きが取りにくくなる。

だが、受け止めなければ負けてしまう。

シーシキンは仕方なく再び俺の刃を受け止め、ついには自らの持つ剣の重さに耐えきれなくなりその場に膝《ひざ》をついた。

もはや逃げることも、俺に攻撃を繰り出すこともままならない。

魔法の効果はあと一秒。

でもそれだけあれば技は放てる。

魔法の詠唱は終わった。

バチリと火花が魔方陣を携えた己の左手から爆《は》ぜ、その場に跪《ひざまず》いたシーシキンの眼前にかざす。


「しょうぶあったり」


ポフンッ！

とっさに目をつむったシーシキンの顔を、俺の手から発せられる温風が撫《な》でた。

「……ハ？」

「言っただろ？　勝負あったり、って。俺の魔法発動を止められなかったお前の負け。でもこれは摸擬戦で、お前を倒す必要はないからこれで十分」

舐《な》めプ上等！

◆◆◆◆◆

そよそよと俺の手のひらから発せられる温風にぽかんとしていたシーシキンだが、次第に状況を理解し始めたのかその額に青筋を走らせる。

「テメェ…………ッッ。俺のこと舐めてんのか……ッ！」

「初めに舐めてかかったのはそっちだろう？　お前が俺への攻撃の手を止めなかったら確実に俺が負けてた」

いい加減左手から出し続けていた魔法を止め、いまだ膝をついたままのシーシキンに手を差し伸べる。

しかし、それが余計気に食わないのか、シーシキンはバシリと俺の手を振り払った。

「いやー、思った以上にいい戦いでしたねぇ。ライ・オルトネク、アルトゥール・シーシキン」

ぱちぱちと拍手をしながら教師が近づいてきた。

不服そうな表情のシーシキンの肩に教師がポンっと手を置く。

「アルトゥール・シーシキン。今回のことはいい教訓になりましたね。たとえ相手が自分よりも劣っていても最後まで手を抜いてはいけませんよ。さもなくば、痛いしっぺ返しに遭いますからね」

言外に弱いと言われ、少し傷つく。いや、否定しないしできないけどね。

「ライ・オルトネク。君はいい戦い方をしますねぇ。体格もまだまだ子供、剣術の基礎はできていますが攻撃のセンスはからっきし。アルトゥール・シーシキンが攻撃の手を止めなければ確実に動きは鈍り負けていたでしょう」

にこにこと柔和な笑顔で厳しいことを述べる教師に、何も言い返せない。

「ですが、よく考えられた魔法です。発動速度、発動条件、効果時間、すべてよく把握され考えられています。正直、君がなぜ魔導士科ではなく騎士科を選んだのかはなはだ理解しがたいですが、新しい騎士の形としては非常に興味深い」

グサグサと言葉の刃が俺の心をキズつけていく!!

いや、知ってた……ッ！　俺に剣の才能がないことは知っていたけども!!


俺以外の新入生はみなだいたい十五歳程度。

まだ俺は十三歳なので、やはり体つきが違う。

力で勝てないのはしょうがないとは言え、それをカバーするための技術が魔法しかないのは騎士科としてどうなんだ……？

だが、それが俺の戦い方なのだからしょうがない。

『俺』の時はＲＰＧでゲームする時は脳筋スタイルだった。力イズパワー。

でもそれは俺のステータスだと無理。

個体値的に無理。じゃあどうするべきか。

バフデバフをかけてパーティの底上げをする役割を担うしかないだろう。

そのためにシーシキンとの戦いで使ったような効果時間は短いが、戦いを自分にとって有利に進められるような魔法の開発を少しずつ進めていた。

自分の筋力を上げたり、足を速くしたりする魔法はあるものの、それは自分にかけることが前提の魔法だし、長時間使おうと思うとどうしても効果は薄くなる。

なら、魔法に優れた魔導士が仲間にバフをかけられればいいのだが、肝心の魔導士と騎士との仲は悪い。

つまり俺の目指しているような剣を握って、仲間にバフをかけつつ敵にデバフをかける職は冒険者の職にない。

こういうのＲＰＧにおいてみんななんて呼んでる？

エンチャンター？　吟遊詩人？　呪術師《じゅじゅつ》？

学園に来て早々にオリバーのことがあったから、魔導士科と騎士科の仲が悪かったら冒険者パーティーどうしてるの？　と思ってちょっと調べたんだけど、ものすごい脳筋スタイルだった。

魔導士は魔導士同士パーティーを組むし、騎士は騎士同士でパーティーを組む。

防御や魔法防御の高い敵はどうしているのかと言うと、守りが堅い？　関係ねぇ！　とばかりに高火力の魔法で押し切ったり、数の暴力で解決する。

タンク？　アタッカー？　関係ない。全員が盾であり剣スタイルだ。

だからドラゴンのような強いモンスターの相手ができる冒険者は限られてくる。

信じられるものは己のみなんて考えている冒険者も少なくない。

そんなソロプレーヤーの頂点に君臨するのがSランクの冒険者、つまりキュリロス師匠だ。

ジャン兄さまとキュリロス師匠の冒険者時代の話を聞いたことがあるが、師匠は一人で脅威度Sランクのドラゴンを倒せてしまうらしい。

とは言え、俺にそんなことは到底できそうにもないので、目指すのはタンク、アタッカー、ヒーラー入り混じったパーティーの先駆けを作ること。

冒険者も馬鹿《ばか》じゃない。

こっちのほうが有用だとわかれば世論はこちらに傾き、魔導士科と騎士科のいざこざも少しはましにならないかな？

まあ、そのパーティーが作れるかどうかが最大の難関なのだが…………。


「さて、なかなか興味深い戦いでしたが、私のクラスの他の生徒たちも先ほどの戦いから何か得るものはありましたかねぇ」

訓練場の入り口で俺たちの戦いをずっと見ていた他のクラスメイトにそう声をかけた教師に、俺とシーシキンは背を押され彼らの輪に加わる。

「想定外の演習で私の挨拶《あいさつ》ができていなかったですねぇ。改めまして、今日から君たちが自分の道を見つけるまでの間、君たちに剣術の基礎を教えることになる、クロヴィス・ミューラー。これでも元Aランク冒険者です」

「クロヴィス!?　竜騎士のクロヴィスですか!?」

クラスメイトの、誰だかが驚きの声を上げた。

と、いうことは有名人だろうか？

竜騎士と言えばオストの出身かな？　確かにミューラー先生の髪はオストに多い茶色の髪だ。

「おや、もう何年も前に冒険者はやめたんですが……知っている子もいるようですねぇ。なにはともあれ、しばらくの間お願いしますね」


それじゃあ解散。というミューラー先生の声で、第一回目の講義は終了となった。

講義が終わると皆思い思いに訓練場を離れていく。

俺も訓練場を後にしようと思うと、ぐいっと肩を後ろから掴まれ、歩みを阻まれた。

「…………なに？」

俺の肩を掴んでいたのは先ほどまで俺に絡んでいたアルトゥール・シーシキン。

「お前……さっきの」

言いにくそうに少し言い淀《よど》んだシーシキンに、俺も眉間にしわを寄せる。

「さっきの、魔法何なんだよ。クロヴィスさんも言ってただろ。センスも技術も俺のほうが勝ってた。

なのに、あの魔法のせいで俺が負けた！　この!!　俺様が!!」

声を荒らげるシーシキンの指が肩に食い込み痛みが走る。

自分が勝って当然、自分が負けるはずがないという自負。

もちろんシーシキンにはそれ相応の実力があった。

でも。

「確かに、俺はお前に負けてた。剣だけなら確かにお前は、いや。ここにいる奴ら全員俺よりもすごいよ。でも、他の可能性を排除して、剣だけに固執してるお前らに俺は負ける気はないよ」

そう言えば、今俺たちを残して訓練場から出ようとしていた他の生徒たちも足を止めた。

「質問する前に考えてみた？　調べた？　俺が何をしたのか、俺がどのタイミングで魔法を仕込んだのか、何が発動条件だったのか」

ぐっと言葉に詰まったシーシキン。

そりゃそうだ。講義が終わってすぐに俺のところに来たのだから。

考えたこともないんだろう。魔法のことなんて。

「もちろん、教えてもいいよ。でも俺が教えるんだからそっちも俺に教えてくれなきゃフェアじゃないよね」

一歩シーシキンのほうに足を進め距離を詰めた。

急な接近に少し後ずさったシーシキンの胸倉を掴む。

「俺に剣、教えてよ」

「はぁ……？」

「俺はお前に魔法を教えて、お前は俺に剣を教える。これで対等。どう？」

俺は今までキュリロス師匠という圧倒的強者に接待プレイしてもらってたに過ぎない。

俺の実力に合わせて、少しずつ、少しずつ、俺がうまくなっていることを実感できるように。

でも上すぎて俺の心が折れないように。

でもそれじゃだめだ。

俺に足りないのは圧倒的経験。

今回学園で魔導士科ではなく騎士科を選んだのもそれが理由。

癖も技選びも何もかも違う色んな相手と対戦できる機会を得るためにこの科を選んだんだ。

「…………ぜってーやだ」

「…………はぁ！！？」

「なんで！　俺様が人に教えなきゃなんねーんだよ!!」

「超絶わがまま!!」

いっそすがすがしいほどにそう言い切りやがったぞこいつ！

「なんでだよ！　俺ばっかり魔法教えたら不公平だろうが！」

「嫌なものは!!　嫌だ！！！」

「超絶頑固!!　なんでだよ！　教えろよ!!」

ギャーギャー俺とシーシキンが騒いでいると、誰かがぐっとシーシキンの肩を後ろに引っ張ったことで終止符が打たれた。

「あーもう!! あんたらちょっと落ち着きぃ！」

シーシキンの後ろから、明るい茶髪が躍り出る。

「あんたらさぁ、もうちょっと冷静になれへんの？」

「あんだよ!! やんのかテメェ！」

「うわぁ。血の気の多い男ってホントやだ。お前誰にでも喧嘩売ってんの？ やめろよ、恥ずかしい」

「なんだとコラ!?」

「ほんま……血の気多すぎやわぁ……」

関西弁の男が少し引いたようにハハッと乾いた笑いを漏らした。

「ごめんね？ 別に俺の知り合いでもなんでもないけど」

「いやいや。ボクこそゴメンなぁ？ ボクが声かけたから余計怒ってもうた」

手でごめんね、と謝る男に俺はいやいやこちらこそ、と頭を下げる。

「テメェら何やってんだコラ!!」

なおも叫ぶシーシキンに、いい加減イラつきが募る。

なので、思いっきり頬《ほお》を掴んでタコの口のようにしてやった。

「ム!? ぬにふんだテムェ!!」

「一回黙れよ……。これでも叫ぶのかよ」

「ホンマ、元気やなぁ……」

もうこの際魚類は無視だ無視。

「えっと、同じクラスってことだよね？　俺はライ・オルトネク。家名は呼ばれ慣れてないから上の名前で呼んでよ」

「おっけー、ライな。ボクの名前はナキリ・シロー。よろしくー」

その日本っぽい名前に少し懐かしさを覚える。

「シローが名前？」

今まで俺の周りにいた人と同じ法則ならナキリのほうが名前だろうが、俺にとって語感的にシローの方が名前感がある。

なので、そう聞いてみたら、シローは嬉《うれ》しそうに破顔した。

「そうそう！　よーナキリが名前やと思われんけど、ボクの出身地ではシローのほうが名前。ナキリが家名やねん！　ようわかったなぁ！」

シーシキンの顔を掴んでいないほうの手で握手を求めると、嬉しそうにシローは応《こた》えてくれた。


「おい」

いい加減耐えかねたシーシキンが俺の手首を掴んだ。

「いい加減放せや、コラ」

俺の手を振り払ったシーシキンは、そのままシローに向き直り、意外なことに手を差し出した。

「アルトゥールだ。弱ぇ奴には興味ねぇ」

がっしりとシローと握手を交わしたシーシキンに、ビキリと自分の額に青筋が走るのがわかった。

なんだコラ？　俺は弱ぇ奴ってことかコラ⁇

確かに俺は弱い。弱いよ？　シーシキンよりよっぽど弱いよ⁇

でもな、他人。それも今しがた技術的に敵《かな》わないと思ったいけ好かない奴に言われたらむかつく。

「俺の魔法にいいようにやられたのに、俺よりも強者面かコラ」

「アァ⁉　なんだとコラ‼」

「あああぁ！　もうー！　ライもアルトゥールも血の気多すぎやぁ‼」

◆◆◆◆◆

初回の講義が終わり、あとは自由時間。

明日以降騎士科の講義は数回に分けてミューラー先生が行う。

一クラスにつき、教師が一人。

つきっきりで実技、歴史、戦略、騎士科で学ぶそのすべてを教える。

もちろんクラス間の交流はあるものの基本的にはミューラー先生が俺たちの担当。

そのスタイルは大学のゼミが近いんじゃないかな？　もしくは小学校。

各クラスで特色が色濃く出る。

まだ一日目なのでミューラー先生がどんな先生かはわからないが、冒険者ランクＡの名は伊達《だて》じゃない。


同じクラスのシロー。

おそらく東国の出身。

詳しい出身国までは聞いてないけど、オスト帝国ではないだろう。

まず名前の語感が違う。

多分俺よりも年上。それで、筋肉の付き方も綺麗《きれい》だ。

無駄な筋肉がついてない。

実戦で見たわけじゃないが、俺よりも強いんじゃないかな？　直感だけど。


次にシーシキン。

いけ好かないが、このクラスの中だと、おそらく一番強い。

技選びのセンス、技術、体の使い方、そのすべてが一級品。

まごうことなき天才。

今までキュリロス師匠という完成された天才に教えてもらっていたからこそ、シーシキンの才能が、キュリロス師匠に近しいものだとわかる。

「なぁなぁ。このあとライとアルトゥールは何するん？」

「ア？　飯」

「まだ朝やん………」

「まじか、お前」

「戦ったら腹減るだろうが」

さも当然と言わんばかりにそう言ったシーシキンに、俺もシローも軽く引いた。

「ライは？」

「俺？」

まだ最初の講義が終わっただけ。

それも俺とシーシキンの一戦のみで終わったので、時間はまだ十時過ぎ。

昼飯は………ないな。まだ腹減ってないしね。

「俺は、図書室で魔法の勉強かなー」

「チッ！　魔法なんて軟弱なもんやってんじゃねーよ」

「あ？　その軟弱な魔法に負けたのは誰だよ」

「もー!!　ライもアルトゥールもなんでそんな喧嘩腰なん!?」

シローが今にも飛びかかりそうなアルトゥールを後ろから羽交い締めにして止めた。

「ほらほら！　アルトゥール、って長いなぁ……。アルはご飯食べるんやろ!?　学食行こ！　行こ!!」

そのまま引きずるようにシローはシーシキンを連れていった。

やっぱり、シローはただものじゃない。

本気ではないとは言え、あのシーシキンを軽く引きずれるんだ。

筋肉量だけで言うのなら、シーシキンよりもシローの方が優れているだろう。

「ほんと、学園に上がっただけなのに俺の周りって強いの多すぎない？」

自分の才能のなさが、嫌になる。

才能差を埋めるためにはどうすべきなのか。

努力しかない。

技術を磨き、体力と筋肉をつけ、場数を踏む。

凡人が天才に勝つためには、ただひたすらに努力するしかない。

魔法は魔導士科に負けるかもしれない。剣術だけなら確実にクラスの同級生にも負ける。

でも、周りはみんな各々《おのおの》の道を究《きわ》めているんだ。そりゃ剣も魔法もと欲張っている俺が、相手の土俵で戦っても負けるに決まってる。

じゃあどうするべきなのか？


「俺の土俵に引きずり込む」

騎士科には魔法を、魔導士科には剣術を。

いずれは俺の戦術も対策を立てられる。

他はともかく、シーシキンはそれができる天才だ。

じゃあ勝つには？

手数を多くする。

ここにいる誰よりも、騎士科と魔導士科で協力しようとしない奴らよりも、新しい戦い方ができる。

そのために、剣術は講義でできるからともかく、魔法は自分で学ぶしかない。

◆◆◆◆◆

世界屈指の学園の、メイン図書館。蔵書の数は世界一。

魔法に関する本に種類をしぼっても、読み切るには気が遠くなるほどの数。

でも、俺が戦うには、シーシキンのような天才と対等にやりあうには。

「やるしかない」

ひとまず今構築されている魔法の理論を頭に叩き込む。

実戦で使えるような魔法を考えるのはそれからだ。

「うわ……」

「ん？」

明らかに自分に向けられたその言葉に意識を浮上させた。

「オリバー？」

「なんで騎士科の馬鹿がこんなとこにいるわけ？」

「ハァ……⁇」

いきなり喧嘩を売られたんですけど⁇

「なんで、騎士科なら騎士科らしく馬鹿みたいに訓練場で剣振ってないの？」

思いっきり眉根《まゆね》を寄せた。

「俺が魔導書読んでたらおかしい？」

「しかも、魔導書⁉　…………何、入門へ、ん……」

俺の読んでいる本に視線を落とした瞬間、ぴたりとオリバーはその動きを止めた。

「…………理解してるの」

「じゃなかったら読まないいんだけど」

「ふーん」

それっきり黙り込んで、視線で魔導書の文字を追い始めたので俺も黙ってそれを眺める。

机を挟んで真正面から読んでいたオリバーは、読みにくかったのか机を回り込み、俺の真横に肩を並べて読み始めた。

「……本当に、理解して？」

「そりゃ、そうじゃないと読む意味ないでしょ」

眉間にしわを寄せたままオリバーが、その難しい表情のまま俺に顔を向ける。

「君、どうして騎士科なの？」

心底わからないという表情をされた。

解せない。

なんでみんなしてそれを言うの？

俺の剣術が発展途上なのは自覚済みだよ？　でも、みんなして言うことなくない？

オリバーの指がトンっと魔導書の文字を叩く。

「僕たちでもまだ教えてもらってない範囲だ」

「オリバーって何年目？」

「三年目。と言うより、君全然敬語使わないね。科は違うとは言え先輩なんだけど」

「まあ、最初に煽られたから素直に敬語を使おうなんて思わないよね」

俺は根に持つタイプだ。

自覚はあるのか、心底嫌そうな顔をされた。

いやいや、君が自分で蒔《ま》いた種だからね？

「ちなみに、これは学園の魔導士科の三年目の後期に履修予定の内容だよ。ドラゴンなんかの魔法耐性の強い魔物を相手取ることを想定した十数人単位での大規模魔方陣。一人じゃなく、パーティーを組んで一体の大物を倒す」

「魔導士の存在しか想定してないんですね」

「当たり前だろう。確かに、僕たち魔導士科は一人じゃ騎士科には敵わない。本ばっかり読んでる頭でっかちで、お仲間がいなきゃ冒険者にすらなれない。それでも、複数対複数なら軍配は魔導士科に上がるんだよ。突っ込むしか能のない騎士科の馬鹿には……負けない」

それはまごうことなき魔導士としての誇り。

絶対に、魔法では負けないと、魔法で負けたくないという強い意志。

だからこそ、ただひたすら思うのは。

「……もったいない」

もったいない。ただひたすらにもったいない。

この魔導書に載っていることを理論としては理解できても、俺にはこれを発動させられるだけの技術がない。

たとえ数人がかりでも、一人のミスが魔法の失敗につながるこの魔法を発動させられる自信がない。

でも、オリバーは発動させられると、それだけの努力を重ねてきている。

それだけの力量があるのであれば、

「あんたが馬鹿って言ってる騎士科の連中を活《い》かせるんじゃないの」

今の俺には無理だけど。

でも、例えば、オリバーの魔法と、シーシキンの剣術があれば？

こんな十数人がかりの魔法に頼らなくてもドラゴンを倒せるのに。

「馬鹿を……活かす……？」

キョトンと、呆気《あっけ》にとられた表情を浮かべるオリバー。

「考えたことも、なかった……」

「魔法を発動させるまでに、魔方陣を描《か》いて、詠唱して。それでようやく発動させられる。そうでしょう？」

「その通りだ。だから魔導士は、冒険者には向いていない。一人じゃ何もできない腰抜けどもなんて呼ばれている」

そりゃ一人じゃ何もできないだろうよ。

ＭＰが高く、魔法攻撃力が高くても、ＨＰは低いし紙装甲。

「タンクを導入したらいいんじゃない？」

「タンク……？」

タンクとは。

ＲＰＧにおいて、主に敵キャラのヘイトを集めパーティーの盾になる役職のことをさす。

まあ、一口にタンクと言っても、その種類も様々なんだが。

パーティーに欲しいのは、上記のタンク、攻撃の要《かなめ》を担うアタッカー、それからヒーラーだ。

魔導士科の適正がアタッカーやヒーラーだとすると、騎士科の適正はタンクとアタッカー。

この二つの科が手を組めば、今よりもずっと冒険が楽になると思うんだけどな。

「百歩譲って、騎士科が有用なら魔導士科は手を組みますが、騎士科は僕たち魔導士科に従わないよ。僕たちも、魔法に造詣のない奴らと手を組みたいとは思わない。魔法を知らない奴が考えなしに突っ込んでいっても邪魔になるだけだからね」

やっぱり頭でっかちだな。

「でも」

そう言葉を続けたオリバーの方に顔を向けると、すっと目の前に手が差し出された。

「君と組むのなら、話は別だ。改めて、オリバー・ウッドだ」

あの日躱《かわ》された手を、今度はしっかりとこちらからも掴む。

「ライ・オルトネク。家名は呼ばれ慣れてないから、ライって呼んで」

「あくまで、君の話が僕たち魔導士科にとって有益だからだ。個人的に、学術的に、君の話には興味がある」

魔導士科のオリバーにそう思わせられたのであれば、十分だ。

正直、今の俺は魔導書を用いての勉強、もしくは一人でできる魔法の練習程度しかできない。

オリバーが騎士科と魔導士科で構成されるパーティを作るために協力してくれるのであれば、これ以上のことはない。

一人よりも二人、二人よりも三人四人いるほうが試せる魔法も、攻撃パターンも多くなるし、研究もはかどる。

研究と言えば。

「オリバーの教室の先生って誰?」

「先生?　そうだな、一概にこの先生っていうのはないよ。先生方も自分の研究内容にあったお話をしてくれるわけだし」

「一人の教師による担当制じゃないの？」

「一人の教師による担当制!?　非効率すぎる!!　魔導士科は学ぶ魔術が多岐に渡るから、学ぶ分野によって教師は変わる」

と、言うと中学や高校、大学講義の形態と同じような感じか。

もっともそっちのほうが、専門的なことを深く学ぶ上ではいいのだろう。

「そうなると……、各々の分野での協力体制はどうなってるかわかる？」

「協力体制？　いや、さすがに先生同士のそれはどうかわからないな……」

共同研究の有無は不明……。そもそも呪文《じゅもん》を新しく開発する時はどうしてるんだろうか。

「そんなに気になるのなら、直接先生方に質問してみたらどうだ？」

「残念ながら、魔導士科の先生には伝手《つて》、が……」


ふと、視界に涼やかな水色が横切った。


「ベルトランドッッ!!」

とっさに自分の口を手で覆い、兄様と続く言葉を遮った。

そのせいでベルトランド兄様を呼び捨てにしたような形になり、オリバーがぎょっと目をむいた。

「せ、センセイッッ!!」

「…………元気でよろしい。その元気さに免じて、聞かなかったことにしてやる。何の用かね」

思わず王宮と同じように接してしまいそうになった俺とは違い、ベルトランド兄様はきちんと対応できている。

しかし、その眉間にいつもよりしわが寄っているのは、いろいろ彼自身も耐えているからなのだろう。

「それで、そっちのお前は見覚えがあるな。私の受け持っている講義に参加しているだろう」

そう言ってベルトランド兄様の視線が、オリバーから俺に移った。

「お前は？」

「き、騎士科のライ・オルトネクです」

「ライ……私の弟と同じ名前か。何年だ」

「きょ、今日からなので、まだ一年目です」

「そうか……。歓迎する」

長く一緒にいた俺にだけわかるように、ベルトランド兄様は軽く笑んだ。

◆◆◆◆◆

「それで、私に何の用だ」

ひとまず話を、ということで、ベルトランド兄様、俺、そしてオリバーの三人で図書館にある会議用の小部屋に入る。

会議用と言っても、図書室の本を持ち寄って討論するための部屋なので、そこまで大きくはない。

地球に住む日本人が想像するような、小部屋だ。

会議用の机に椅子《いす》が六脚ほど。

決して王族基準の小部屋じゃない。

そこに俺とオリバーが横に並び、正面にベルトランド兄様が座った。


「ふむ……少々手狭すぎやしないか？」

「ベルトランド、先生。一般的な大きさの部屋ですよ」

「そう、なのか」

少し居心地が悪そうなベルトランド兄様に少し笑いが漏れる。

しかし、やはり王族というわけか、はた目には堂々と見えるように座っている。

そんなベルトランド兄様よりももっと居心地が悪そうなのは、オリバーだ。

「だめだだめだだめだ。おうぞくだぞ。おうぞくのかたとこんなこべやでおはなしをするなんて。いやいやいやいやいや」

もはや顔は真っ青。

ぶつぶつと早口でそう漏らすオリバーが、少し気の毒になる。

「オリバー。大丈夫？」

「……どうして君はそんなに平然としていられるんだ」

心底神経を疑うと言わんばかりの視線が向けられた。

そう言われても、ベルトランド兄様は俺の家族なわけだし。

そう考えると、オリバーは今すごいことになっているな。

ベルトランド兄様と、俺。王族二対庶民一。

今でさえコレなのだから、俺が王族と知ったらオリバーは卒倒しそうだ。

「それで、私を呼び止めてどういう了見だ」

「あ、えっとですね。魔術の合同研究などはどうしているのかなー、と」

「ライ！　ラーイ!!」

横に座ったオリバーが俺の袖《そで》をグイっと引っ張って小声で名を呼ぶ。

「何？」

「何？　じゃない!!　相手は！　王族の!!　それも有名な教授だぞ!?　もう少し考えて発言しろ!!」

俺にとっては兄弟間だし、いつもこんな感じで話していたからさほどおかしいとも思わなかったが、そりゃ庶民が王族に対してこんなしゃべり方をしていたらオリバーは驚くよな。

「……失礼、しました。伺いたい話というのは、魔術開発における合同研究についてです」

「……私の生徒の顔に免じて先ほどの発言は聞かなかったことにしよう。さて、合同研究の話だったな」

一拍置いてベルトランド兄様がまた口を開いた。

「合同研究はしていない。基本的にする必要がない。なぜならそれぞれの分野で魔術とは独立しているものだからだ。炎ならば炎。水なら水。理論も、応用も、活用も、そのすべてに専門の教師が存在し、各々教えている。もっとも、そのどれにも共通する魔法の基礎に関しては理論学として別に学問の分野がある」

「それじゃあ魔術の更なる発展は？　各分野の教授陣の閃き次第ということですか？」

「その通り」

「それでは魔術同士の組み合わせはないのですか？」

「……説明」

言葉短くそう言ったベルトランド兄様の顔が、真剣なものになる。

昔ジャン兄様、亜人と人との間の子の体が弱い原因について話し合った時と同じ顔だ。

「雷の効果を上げるためにはどうすればいいと思いますか」

逆に質問で返せば、ベルトランド兄様が眉間にしわを寄せた。

「その、単純に注ぐ魔力の量を増やせばいいんじゃないのか？」

おそるおそるオリバーがそう答えた。

「それだと魔術の強さは術者の魔力量に依存することになる。もちろんそれも正しい形だと思うけど、魔力量の少ないものが淘汰《とうた》される。でも戦い方を変えれば戦えるようになる」

「雷の効果を上げる……」

深く考え込むベルトランド兄様とオリバー。

「そんなに難しい話でもないですよ。雷は何に落ちますか、雷はいつ落ちますか。ヒントはいつだって日常の中にある」

「雷は、避雷針に落ちる。つまり、高いところ、それから……金属？」

「雷は雨雲から落ちるものだ。つまり雨、いや。水に関係しているな」

「その通り。でも貴金属を身につけているからと言って落ちやすくなるのはデマらしいですけどね。雷はより高いところに落ちる。そして、水に濡《ぬ》れたものは電気を通しやすくする」

水に濡れると、電気がより通りやすくなる。金属は確かに人の体よりも電気を通しやすいが、雷が落ちた場合は人体よりも金属の方に電気が流れて、逆に被害は軽くなるらしい。

もっともこれも本当か嘘《うそ》か俺には判断がつかないけど。

「簡単な話です。雷、電気の魔術をぶつける前に、水の魔法をぶつければいい。それから相手の体に避雷針代わりの鋼の棒を突き刺してやる。そしたら、相手の体内に電気が流れる」

実際それがどの程度効果があるのかはわからないが、まあ弱い電気でも体内に流し続ければ内臓が焼けただれる。一瞬の強い電気を流したのなら、心臓を止める手助けになるだろう。

「私は、雷魔法も水魔法も土魔法も得意ではないからそれを試すことはできんが、各教授たちに一度話を通してみよう。彼らも私と同じく魔術に魅せられた者たちだ。おそらくすぐにでも合同研究がされるようになるだろう」

ガタリと立ち上がったベルトランド兄様が、すっと俺に手を差し伸べた。

「貴重な意見感謝する」

「いえ、こちらこそ、お話を聞いていただいて感謝します」

◆◆◆◆◆

あの後、早速今聞いたことを各教授陣に伝えに行くと言って部屋を出たベルトランド兄様を見送って、いまだ王族と至近距離で会話したショックから抜け出せないオリバーとも別れ帰路についた。

あのまま図書館にいても、今日の集中は完全に切れたので勉強は進まなさそうだしね。

ひとまず今日は家に帰ろうと、学園から寮までの道を散策しながら歩く。

そういえばバイトはどうしようか。

ふと、そんなことを考えた。

王宮からの仕送りがあるとは言え、それに頼る気はない。

学園にいる間は、できるだけ王族とか、第七王子とか、そんなことを考えないで暮らしたい。

だからこそバイト代でせめて生活費の足しにしたい。

全部払えるとは思ってない。でも、せめて、王宮からのお金を使うのは通常の仕送りと同じくらいの金額に抑えておきたい。

何かめぼしいところはないかなーと町を歩いていると、こちらに大きく手を振る人影が視界に入った。

「おーい！　ライー!!」

「おー、シロー」

小走りで走り寄ってきたのは、騎士科で一緒だったシロー。

「シーシキンは？」

「アルなら鍛錬するー言うてたで。ボクは働くとこ探したいし、街探索したいし別れてきたんよ」

「なら俺も一緒に行っていい？　俺も働けるところを探してたんだよね」

そう言うと、シローは嬉しそうに顔をほころばせた。

「ライも、実家に仕送りするん？」

街を探索しながら二人で歩いていると、シローがそう聞いてきた。

「いや、仕送りはしてない、けど。シローはするつもりなの？」

そう聞けば、シローは少し恥ずかしそうに頬をかいた。

「うん、まあなぁ。ボクの住んどった村、ものすっごい辺鄙《へんぴ》なところにあるんよ。帝国の、それよりもずーっと東。崖《がけ》を削ったトンネル通って、それで鬼の住む森を抜けた先」

やはり東の国の出身だったか。

「弱い子やったらそもそも一番近い帝国の学園にも行けん。だからほとんどの子供らがそのまま村で育って、大人になって、家庭を持つ。でもさ、もっと選択肢増やしたりたいやん？」

一族の未来を思って世界一と謳《うた》われるチェントロの学園都市まで来たのか。

純粋にすごいと思う。

「せやから、ライも同じような感じかなって勝手に親近感持っとってん」

「俺、は……シローほど立派なものじゃないよ。単純に、家を出たかったから……」

こう言ってしまうと、すごく子供っぽいな、俺。

いや、確かにまだまだ子供なんだけどさ。

でも多少年上とは言えシローも十五歳程度だろう。

いや、ほんとに立派だよね。

「でもさ、それを理由にしても、一人で何の知り合いもおらんこっちまで出てこれる勇気すごいよ」

グサッ！　と罪悪感が心臓に突き刺さったような気分だ。

実際にはめちゃくちゃ地元です。

なんなら学園に親族がいます。

しかもこの瞳の色を見せたら一〇〇％警備兵は俺の味方をしてくれる。

ごめんな、ごめんなシロー。

「そういえば、ライはどんな仕事探しとるん？」

「うーん。特に決めてないなー。シローは？」

「ボクは、とにかくお金いっぱいもらえるとこやなー。もしくは、かけ持ちしても問題ないとこ」

なるほど、実入り重視か。

まあ、先ほど聞いたシローの目的を聞く限り納得だな。

俺の場合はどうだろう？

職種的には特に希望はない、が。

問題は髪型なんだよな。

俺の緑の目を隠すためには前髪と、眼鏡が絶対に必要だ。

そうなると接客業はできそうにないな。

お客さんへの印象悪そうだし。

飲食関係も難しいか……？

前髪伸ばした奴が食品を扱うな、とは言わないが、清潔感は大切だろう。

前髪を上げると、眼鏡があるとは言え俺の目の色を見られてしまう可能性が高くなるので、それは避けたい。

そうなると、なんだ……？　裏方の仕事⁇

何か俺にもできそうなところないかなー？

そう考えながら通りを歩いていると、ふと、路地裏にかかる看板が目に入った。

「骨董《こっとう》、ねぇ」

「ん？　なんか気になる店あったん？」

足を止めた俺に気づいたシローも同じく足を止め、ひょいと路地裏をのぞき込んだ。

「あー。うん。ちょっと俺見てくる。シローはどうする？　ついてくる？」

「うーん。いや、遠慮しとくわぁ。ボクどうせ見てもものの良し悪《あ》しわからんし」

少し悩んだそぶりを見せた後、シローはそう言って俺に手を振りながら通りを歩いていった。

「ほな、ライまた明日なー！」

「おー、明日」


シローと別れて骨董品屋のショーウィンドウをのぞく。

骨董品屋なので、古くいい品が揃っている。

でも、それが一級品かと聞かれれば。

「なんと言うか、そこそこ？」

「なんだい、人の店の品をじろじろ見たかと思えばその言い草は」

「うお⁉」

自分のすぐ後ろから聞こえてきたその言葉に、反射的に振り向く。

「さっき通りからじろじろ見てただろう？　アンタみたいな若造になーにがわかるってんだい」

白いベリーショートの髪の老女。

鷲鼻《わしばな》に眉間にはしわ。

「アタシの顔がなんだい。何をそんなに見てるんだい‼」

「い、いえ。ここはあなたの店ですか？」

「だったらなんだい！」

取り付く島もねぇ‼

「いえ、あの。従業員の募集とかは、」

「いらないよ‼　アタシ一人でやれてるさ‼」

どうしようもないな。これ。

そもそも俺の第一印象が良くなかった。

「じゃあせめて店の中を見ても？」

そう言えば、目の前の老婆は俺のことをつま先から頭のてっぺんまで、じっくり三度ほど眺めてから、フンっと鼻を鳴らして扉を開けた。

「店の中のものを壊したら承知しないよ」

◆◆◆◆◆

とにかく店の中に入る許可はもらえた。

冷やかして帰るのもあれなので、何か買って帰ろう。

そう思って店の中に入って商品棚を見てみる。

小物から、アクセサリー、本や調度品。

品揃えは結構な数がある。

しかし、商品のラインナップを見ていて、ふとその値段に目が行った。

「は？　これ魔伝に使われてる石じゃないの？」

そう、王宮でも使用されている魔伝、に使われているものと同じ魔石。

つまりは高級品。

それが、今日町で見た使い捨てのペンと同じ値段で売られていた。

「あの、これ……」

「なんだ、買うのかい」

ぶっきらぼうにそう言った老婆に首を慌てて横に振る。

「いえ、いえ!!　そういうわけじゃないんですけど、安すぎませんか……」

あまりにも安い。

別に中に含有されている魔力量が極端に少ないわけでもなさそうだ。

なのにこの価格は……。

「失礼ですが、値段設定はどなたが？」

「ハァ？　なんでそんなことを気にするんだい……」

訝《いぶか》し気にこちらを見やる老婆の言葉に、まさかと思い店内を見渡す。

他にもよく見てみれば、貴族の邸宅で使われていても支障がないほど質のいい調度品や、宝石たち。

しかし、店の奥の奥側にあるものは適正値段と言える。

価格設定のおかしいものは、すべて店の入り口付近にある。

「店の奥と手前とで仕入れた人違ったりしますか？　この辺りの値段全部変えたほうがいいですよ。これだけいい品を揃えているのにもったいない……。ショーウィンドウの品だって、もっと質のいいものも置いたらいいのに」

と、そこまで話して、先ほどまで俺の発言にかみついていた老婆が一言もしゃべっていないことに気がつきふとそちらを見ると、ぽかんと口を開けていた。

「あの？」

ぼろりと、老婆の目から涙があふれた。

「え、ええ!?　ちょ、店主さん！！？」

俺が慌ててそう声をかけると老婆は鼻をすすった。

「悪いね。アンタ、従業員の募集とか言ってたね」

「え、ええ。働くところを探していて」

「給料はそんなにやれないよ。職務内容は仕入れから、店頭に並べるまで。たまに、こっちが何も知らないと思って値切ろうとする輩《やから》もいるからね。もちろん接客にもついてもらう」

「え!?　あ、願ったりかなったりですけど、そんな大切なこと俺に任せていいんですか!?」

老婆の急な心変わりにうろたえていると、ガチャリと店の扉が開いた。

「おばあちゃーん。ただいまー！　っと、お客さん!?　ごめんなさい」

金色のウェーブのかかった同年代くらいの女の子がそう言った。

「ジュリア！　ちょうどいいとこに帰ったね。今日からここで働くことになった、アンタ！　名前は!!」

「ら、ライ、です」

「だそうだ！　ライ！　こっちはアタシの孫娘のジュリアだよ。仕事の内容はジュリアから聞きな!!」

「お願い、します……??」

老婆の勢いに押されてそう言えば、ジュリアがそばかすの散った頰を緩ませながら手を差し出してきた。

「ジュリアです！　ライさんよろしくお願いしますね!!」

「ライ！　あんたの最初の仕事だ！　値段を全部付け替えときな！」

ひとまずジュリアと握手を交わすと、老婆はフンっと鼻を鳴らしながらそう言って店の奥へと進んでいった。

嵐《あらし》のような人だったな……。


「おばあちゃんがごめんなさい。パパがいなくなってからずっとあんな感じなの」

「……お父さんどうしたの？」

おそらく前店主、というより正しい価格設定をしていた時の店主だろう。

「パパね、お店の仕入れに出たっきり帰ってこないんです。みんなは魔族に殺されたとか言ってますけど」

「その、ゴメン」

初対面の家族の事情にずけずけと踏み込んでしまったことを詫《わ》びると、ジュリアはくすくすと笑った。

「いいんですよ！　どうせこれから働くならいつかはわかることですし、後になって知るほうが気ま

ずいでしょう？」

「まあ、確かに。じゃあ、なんか急に採用になったけど、これから改めてよろしく。学園に通いながらだからちょっと時間帯によっては店に来られないこともあるんだけど、大丈夫？」

「学園に通ってらっしゃるんですね！　大丈夫ですよ、私は初等科を卒業してそのままここで働いてますから。昼間は任せてください！」

一応ジュリアと会話を済ませ、俺は先ほどの老婆、ってあれ。

「君のおばあさん、店長の名前ってなに？」

「ジネブラよ。でも、ジーニーって呼ばれるのは好きじゃないみたい」

ジネブラさんか。息子さんが帰ってこなくなってから、一人でこの店を切り盛りしていたんだろうか。

元は誰の店だったんだろう。

ジネブラさんの旦那《だんな》さんとか？　そこからジュリアのお父さんである息子が継いだ？

それとも最初からジュリアのお父さんが？

よくわからない骨董品の仕入れとか、販売とかをやっても、この店を残したかったんだろうな。

そんなことを考えながら、もくもくと値段の改定をしていると、その様子をジュリアがじっと見ている。

「ジュリア？　どうしたの？」

「あ、いいえ！　気が散りましたか？」

申し訳なさそうに眉尻《まゆじり》を下げたジュリアから視線を商品に戻しながら、否定する。

「いや、別に。でもすごく視線を感じるから。何か気になることでもあった？」

「ライさんって、どこで目利きを学ばれたんですか？」

どこって、言われても。

確かに、『俺』の時は骨董とかどれも一緒に見えたけど、今は全然違うように見える。

しかも、それが当たり前のように値段、つまり価値も瞬時にわかるようになっている。

どう考えても王族としての英才教育ですね、ありがとうございます。

「実家、かなー」

「実家、ですかー。私も実家がここのはずなんですけど、さっぱり」

ちょっと恥ずかしそうにそう述べたジュリアが、俺の横に並び、俺の持っていたポットを眺める。

「ほとんど仕入れも接客もパパがやってて。私も今勉強してはいるんですけど、なかなか見極められなくて」

今ついてる新しい値段もほとんど自分がつけたんです。とまた恥ずかしそうにそう言った。

まあ、そりゃ、実家が骨董品屋と言えど、初等科を卒業したばかりのジュリアに長年骨董品屋を営んでいた父親の代わりはできないだろう。

「教えようか？　と言っても、俺もわからないことのほうが多いから、そんな大したことはできないけど」

そう言って、隣のジュリアに顔を向けると、ちょっと驚いたような表情をしてから、嬉しそうに破顔した。

◆◆◆◆◆

さて、ジュリアに対して大口を叩いたまではいいんだけど、実のところそんなに自信はない。

良いものか悪いものか、質に関しては王宮育ちの英才教育。多分大丈夫だ。

要は、王宮の、特に俺や兄様たちの部屋の周りで見たことがあるものに近ければ質はいい。

その辺りは一応一国の王子だから、教育は受けているので大丈夫。

問題は価格設定や、下流から中流にかけてのものの判別。

どの程度のものがどの程度の値段なのか。

また消費者の需要や供給。

魔石や魔法具に関してはオリバーに聞けば相場はわかるだろう。

身につける装飾品は、ただのアクセサリーなら高級なものは俺が、そうでないものはジュリアに判断してもらえればいい。

何かバフがかかる装飾品なら騎士科の面々に聞けばいい。

「ま、わからんことは専門家に聞くのが一番だよなぁ」

商業科の知り合いが欲しいところだ。

ついでに技術科も。

今では古臭くなった装飾品も、それに使われている宝石自体は一級品なのだ。

周りだけを作り変えて、今風にリメイクすれば十分売れる。

なにはともあれ、価格設定だなぁ。

わかる範囲内で、価格をぺたぺた張り替えていく。

「こんなにも値段のおかしいものがあったんですね……」

「まあ、値段が高くなればなるほど馴染《なじ》みがないからわからないよね」

「はい……アクセサリーだって、今時こんなの売れないと思って無造作に置いてたんですけど。こ、こんなにするんですか」

「デザインは古臭いけど、石は本物だからね。周りの台座の部分もだいぶ酸化してるけど銀だよ」

俺でわかるものは変えて、明らかに庶民向けのものの値段はジュリアの感性を信じてそのままに、中流から上流にかけての値段の微妙なものに関しては、値札の端のほうにチョンっと小さな点をつけてわかりやすいようにしておく。

「うん。こんなもんかな」

一個ずつ見ていたらだいぶん時間がかかってしまった。

夕方に差しかかり日が傾き始めた。

そういえばお昼を食べ逃したことに気がつき、その途端空腹を思い出したかのようにお腹《なか》がグーっとなった。

思わずぴたりと動きを止めると、ジュリアも同じく動きを止めたのがわかった。

ジュリアの視線がビシビシと俺のお腹に刺さる。

そこにとどめの一発。再度俺の腹がグーっとなった。

「…………ふふっ！」

くすくすと、笑いを堪《こら》え切れなくなったジュリアの口から笑いが漏れ始めた。

「笑うならいっそ盛大に笑ってくれ……ッ！」

「ご、ごめんなさいっ。でも、面白くて」

ひとしきり笑うと満足したのか、一度息を落ち着けようとジュリアは大きく深呼吸をした。

「すみません。お詫びと言っては何ですが、少し早めの夕食に行きませんか？　おいしいお店を紹介しますよ」

「……そういうことなら喜んで」

「今日はもうお店も終わり！　さ、早く店じまいにしてご飯に行きましょう？」

そう言って閉店作業を始めたジュリア。

彼女に一つずつ閉店作業を教えてもらう。

「おばあちゃんは無茶苦茶なこと言ってましたけど、実際にはライさんの勤務は学園が終わってから閉店までの間。仕事内容は、私が仕入れたものの値段が間違っていないかのチェックとか、店番とか、ですかね」

店じまいを終えたジュリアがそう言いながら表通りに出る。

俺もそれに続きながら彼女の横を歩く。

「従業員を雇うのは初めてのことなので、お給料に関しては何とも……。どのくらいが相場なんでしょう？」

それぱっかりは俺にもわからないな。

「まあ、それは俺が来てからの収入がどれだけ増えたかで考えてもらえればいいよ」

「えっと、それはどうやって判断するんでしょうか」

ジュリアのその質問に思考が一瞬止まる。

えっと、つまり……？

「帳簿は？」

「ぱ、パパの時はつけてたから一応書いてるわ。でも、それで何がわかるんですか？」

「帳簿の見方をご存じでない⁇」

嫌な予感とは当たるもので、聞けば見様《みよう》見真似《みまね》で帳簿はつけていたが見方もつける意味もわかってはいなかった。

つまり、仕入れ値はおおよその値段。売値も値札の値段をそのまま書いているだけなので、なにか値切られたりした場合は支出や収入があてにならなくなる。

しかも、店の金なのか給与として家に入った金なのかがわからない。

店の金=家の金になっている。

運営資金とは⁇

税金はどうなっているんだ。

どうやって計算しているんだ。

頭が痛くなる。

「よくそれで今まで生活できていたね」

学園の商業科の重要性がよくわかる。

この規模の、それも最近まできちんと運営できていたからこそまだ破産していないが、破産するのも時間の問題だぞ。

これぱっかりは俺が手を出してどうこうできる問題ではない。

「そ、そんなにおかしなことなんでしょうか……っ」

俺の反応にジュリアがおどおどし始める。

いや、普通にやばいよ。本当によく今まで生活してこれたね??

「その辺りも、勉強しようか」

◆◆◆◆◆

「ここ！　私のおすすめのお店なんです!!」

案内されたのはいわゆる大衆居酒屋なのだろうか。

店に入ると、厨房《ちゅうぼう》の見えるカウンター席に複数人で座れるテーブル席。

各テーブルは間隔が狭く、お隣さん同士の会話は丸聞こえ。

それが逆にいいのかもしれない。

ひとまず座って飲み物を注文する。

もちろんアルコールではない。

いくつかジュリアおすすめの料理を注文して待つ。

「まず最初に、俺は商業に関してはど素人《しろうと》だ」

「でも、私よりは詳しいですよね」

「君よりは多少ね。でもそれでも素人であることには変わりない。俺にできることは、俺の知っている知識を君に与えて、そのあとはしかるべき専門家を君に紹介する。もっとも、今の俺に紹介できるそのしかるべき専門家がいないのが問題だけどね」

どうやって商業科の生徒とつながりを持とうかな。

考えることが多くて頭痛がしてきた。

ちょっと俺自分で自分にタスクを課しすぎなのでは??

ドMか？　俺はドMだったのか??

学園生活一日目でいろいろ問題起きすぎじゃない？

ちょうど目の前に運ばれてきた料理に手を付ける。

「あ、あの。私は何をしたらいい？　自分じゃ、何がだめなのか、わからなくて……」

無意識のうちに眉間にしわを寄せていたらしく、俺の表情を見たジュリアが情けなくへにょりと眉尻を下げた。

「うーん。とりあえず、ちゃんと支出と収入を帳簿につけることかな」

正確な仕入れ額と、売った金額。利益と、給与。

店の帳簿と家計簿も分けたいところだ。

こくこくと頷《うなず》きながら真剣に話を聞くジュリアに、妹のエルフリーデの姿が重なる。

こう、妹ができてから余計に『俺』よりも年下の女の子に庇護《ひご》欲が湧《わ》くようになってしまった。

違う。俺はロリコンじゃない。

たまに俺はこの世界でちゃんと結婚できるのか不安になることがある。

確かにみんな『俺』よりも年下だよ？　でも俺は結婚したい。

可愛《かわい》いお嫁さんが欲しい。

悪いか、これでも俺も男の子だぞ。


「ひとまず、今後どうするかは俺も考えるよ。また詳しい話は俺の中でまとまってから話す」

「どうして、ライさんは今日初めて会った私やおばあちゃんのためにそんなに親切にしてくださるんですか？」

ジュリアはひどく申し訳なさそうに尋ねてきた。

別に俺は善人じゃない。

純粋な好意からジュリアやジネブラさんの事情に首を突っ込んでいるわけじゃない。

普通に少し知り合った人にそのあと不幸があったら寝覚め悪くない？

あの時俺が教えていれば、とか。もうちょっと何かできたんじゃない？　とか極端な善人でも極端な悪人でもないから、ずっとそんなことが頭の中をぐるぐる渦巻《うず》いて眠れなくなりそうだから。

でも、そんな理由ご本人様に言えるわけないよねぇ。

「俺にできることだったからだよ。知り合っちゃったわけだし、もう知らないふりはできないでしょ。だから、俺にできることなら手伝おうって思っただけ」

嘘は言ってないよ。でも本音も言ってない。

こっちのほうが理由としては綺麗だし、人間かっこよく見せたいじゃん？

ひとまず話はひと段落ついたので目の前の料理に集中する。

王宮では食べない、でも『俺』にとっては懐かしい味。

めちゃくちゃおいしい！　っていう訳でもないけど、まずくない。むしろうまい。

普通にうまい、っていう感じの味。わかる？

夕食にしては早い、昼食にしては遅い食事をとった後、俺はジュリアと別れ寮へと再び歩き出す。

料理の代金⁇　もちろん俺が払いましたとも、全額な‼

初対面の女の子にお金を払わせるわけにはいかないでしょ、紳士として‼

バイトを探していたはずなのに、思わぬ問題を抱えてしまった。

セルフどＭプレイですか⁇

やることが山のようにあるんだが⁇

寄り道せずに寮へと帰り、郵便受けを確認しその日の郵便物を受け取る。
部屋のベッドに倒れ込み、ともかく自分のやるべきことを頭に思い浮かべる。
まず学園でやること。
魔導士科と騎士科入り混じったパーティーを作るために研鑽《けんさん》する。
協力関係を築くために各科を説得する。
そのための新しい魔法を考えて、剣術とのコンビネーションを試す。
それが今のやり方よりも強いとみんなに認められれば、それが王道となる。
私生活ですること。
バイトをしてお金を稼ぐ。
今のバイト先を立て直す。
そのためには、まず需要と供給の分析。
適正価格の算出。
店のやりくりのノウハウを学ぶ。
と言うかその辺をやってくれる商業科の生徒もしくは大人を探す。
何気に最後のタスクが一番難しくない？
何をやったらいいかさっぱりだもの。
投げ出したい。今日のことだけど、ついさっきの話だけどもうすでに投げ出したい。

わからないことをやらなきゃいけないことが一番しんどいよね。

しかもこれは完全に俺のエゴ。

自分で自分の首を絞めてる。

あれれー、頭痛が痛くなってきたぞー。

「…………はー。あほ言ってないで、できるとこから消化していこう」

今日郵便受けに届いていた手紙の送り主にふと目を落とした。


【あなたの忠実な番犬より】


ホフレだな⁇　自分のことを犬呼ばわりして、なおかつこの住所を知っているということはホフレだな？

頼むからやめろ。

この郵便物を一体誰が届けてくれていると思っているんだ。

街の郵便屋さんだぞ⁇　さぞおかしな奴を見る目でこの手紙を届けたに違いない。

そんなことといちいち気にしない⁇　俺が気にするんだ。やめてくれ。

実は、学園を出る前に、ホフレには定期的に手紙を送ってもらえるように頼んでいた。

それは王宮を離れるから、王宮内の事情に極端に疎《うと》くなってしまうので、新聞替わり、もしくは週刊誌代わりにホフレから情報が欲しかったんだ。

ともかく、返事に書くフレーズ一つは決まった。

【送り名に犬って書かないでくれる？】だ。

送り名はともかく、中身はまともだろう。

俺が頼んだんだ。俺のために動くと約束してくれた下僕だから、きっと中身は俺の期待に応えてくれるはずだ。

【親愛なる大天使より尊い　美しきあなた様へ】

手紙を閉じる。

一行目から濃い。

俺の疲れた脳が文章を理解することを放棄した。

いや、さすがに読み間違えだろう。

恐る恐る手紙を開いた俺は再び閉じた。

本当に書いてあった。

いやいやいや、あて名はおかしくても内容は、大丈夫なはず。


【あなた様に会えない日々に、私はまるで色を失ったようでございます。季候の変わらぬはずのこの国で私の手足は冷え、まるで心臓を失ったかのような心地でございます。何を見ても心動かされず、

癒《いや》されず、いつも思うはあなた様の何よりも深く滑らかな射干玉《ぬばたま》の御髪《おぐし》にございます。】

再び閉じる。

これは何の手紙だ？

俺へのラブレター⁇　暗号書？

そういうのノーセンキュー。

普通に近況報告してほしいんだが。

いや、もともとホフレに近況報告を頼んだ俺のほうが悪かったか？　いや、それなら申し訳ない。

ホフレは近況報告に向いてない（対俺に限る）。

いやいや、でももしかしたら大切なことが書いてあるかもしれないから、一回はちゃんと読もう。


【そういえば、マヤ様派の中でライモンド様派を名乗る連中がいるそうなので、不敬であると締め上げておきました。

それでは、あなた様のお早いお戻りをお待ちしております。】

と、最後の一文に書いてあった。

「いや、そこもっと詳しく書いてくれない⁉」

え⁉　俺派って何⁉　俺を王に担ぎ上げる集団とはまた別ってこと⁉

それともその派閥からさらに分岐したってこと⁉

やだ……王宮に帰るのが怖くなってきた。

と言うか俺が王宮を出てから二日程度だろ？

今日が学園の初日なんだけど⁇

その派閥いつからあるの？　誰が作ったの？　なんて主張してるの？

ホフレくーん。情報が少なすぎる‼

俺への愛情表現はいいから情報をくれ！

手紙はそのままぐしゃぐしゃに丸めて炎魔法で焼却処分。

ボウッと音を立てて燃え上がった手紙が一瞬で灰になる。

そのまま目をつむってベッドにうつ伏せに倒れ込んだ。

あまり王宮には頼りたくないと思っていたけど、一人でできる気がしない。

ここで人脈をちゃんと築いていれば、応援呼べたんだろうな。

もっとも俺は元気にニートしてたからそんな伝手はない！

あっても俺はお忍びでいたいから使わない‼

つまりライ・オルトネクとしてどうにかするしかない。

ここで振り出しに戻るわけか。

商業科ってどんなことに食いつく？

魔導士科はオリバーとベルトランド兄様に今日話した魔法同士の相乗効果の話でもしていれば、興味を持ってもらえるはず。

騎士科は何とか俺が頑張るしかない。

でも一応俺の所属している科なわけだし、こっちの伝手は何とかする。

問題は技術科と商業科。

利益の出るものを発明すれば、いいのか？

例えば自転車とかならどうだろう。

ゴムに類似するものがあるかわからないから、だいぶ乗り心地は悪いだろうが、馬を買うよりも安く済むし、歩くよりも早く目的地に着ける。

自転車を作ること自体は技術科に、これを流通させるには商業科に。

いや、わざわざ自分から流通させようとしなくてもいいのか？

俺のアイデアが金になるとわかれば自然と商業科とはつながりが持てると信じたい。

アイデア帳でも作るかな。

もっともアイデアは『俺』の記憶頼り。

どうやったら作れるのかわからないけど、あったらいいな、こんなの欲しいなを書き溜《た》めていく。

で、何かの拍子に技術科もしくは商業科の人の前でポロリしよう。

先ほどまで、ぐるぐる頭の中に情報と考えが渦巻いていていて眠れなかったのに、いつの間にか俺の意識は落ちていた。

第七話

『経営難って、どうすりゃいいの？』

I was born as the seventh prince, what should I do?

バイト先を見つけてから数週間。

昼は学園での勉強に実技。夕方は骨董《こっとう》品屋でのアルバイトというルーティンを確立させていた。

結局アルバイト先では、そもそも仕入れ自体父親がいなくなってからは不定期で頻度も減ったとのことで、もっぱらジュリアに魔石の見分け方や高値が付く品について教えつつたまに来る客の相手をしているくらいだ。


そして今は絶賛学園での講義中。

実技なわけだ、が……。

「ぜんっぜん勝てねぇー」

訓練場の土の上、俺《おれ》は剣を握ったまま仰向けに倒れ込んだ。

初日にシーシキンと戦って勝てたから、ここでもある程度できるものだと思い込んでいた。

だが、ミューラー先生に騎士科として講義を受けている間は魔術の使用を禁止された。

あくまで剣術を磨くための学科だからという理由らしい。

ちなみに今はペアを作っての実戦鍛錬。ミューラー先生は各ペアの試合を見ながらアドバイスをしている。

そんなミューラー先生は、いつも俺の魔法と剣術を組み合わせた戦法を見ると、剣術に関してアドバイスをくれるものの以下のようなことを述べてくる。

「君はつくづく騎士科に向いていないですねぇ。今からでも魔導士科に編入しますか？　最近魔導士科の先生方から君と話がしたいと私のところに話が来るんですよねぇ。いったい何をしたんですか」

「えっと、魔術と剣術の可能性について少々……」

「なぜ騎士科にいるんです……」

心底訳がわからないという顔をされた。

これが毎度だぞ？　地味に傷つく。

俺も別にすこぶる剣の腕が悪いわけではないと思うんだけど……。


「ライ、大丈夫？　ミューラー先生もきっついこと言うよなぁ」

「シロー……。いや、俺の剣の腕が悪いのは確かだ」

「ハッ！　やっぱ弱ぇじゃねーか」

こちらを見て嘲笑《あざわら》ってきやがったシーシキンの真上に空気中の水を集めて降らせる。

「づめてッッ!!」

「ばーか」

「やんのかコラッ!?」

ずぶ濡《ぬ》れになっているシーシキンにベロを出して馬鹿《ばか》にすれば、シーシキンは案の定剣を振りかざしてきたのでシローの後ろに隠れた。

「きゃー、シローさんたすけてー。ぼうかんにおそわれるー」

「誰《だれ》が暴漢だッ!!」

「すっごい棒読みやんなー」

くすくす笑いを漏らしながらもシローがシーシキンに対してすらりと剣を抜き、構えた。

「やーやー、我こそはライ姫を守る騎士なりー！　いざ尋常に勝負！」

「ぶっつぶすッッ!!」

さすが戦闘民族魚類。シローが斬《き》りかかると瞬時に楽しそうに剣を交わす。

ギィンッ！　っと鋼同士がぶつかり合う鈍くも鋭い音を聞きながら、シローとシーシキンの戦いを観察する。

互いに俺よりも数段実力が上だ。

年も数年とは言え上なのだ。体も俺より出来上がってる。

シーシキンはしなやかな筋肉と、そこから繰り出される多彩な剣術。

どんな状況だろうが柔軟に対応し、的確に相手の隙《すき》を突いてくる。

それに対してシローは圧倒的パワー型。

強靭《きょうじん》な肉体から繰り出される一撃必殺の剣。

攻撃力にすべてを懸けている分シーシキンより動きは遅いが、当たればダメージは計り知れない。

単体の攻撃力の強い、いわゆるＳＴＲ（筋力）極振りのシロー。

どちらかと言うとＤＥＸ（器用さ）極振りのシーシキンは手数を多くしクリティカルを狙《ねら》うアタッカーだな。

キュリロス師匠もシーシキンと同じタイプ。

やっぱり極振りは正義だな。

戦術的に使いやすいし、強さもわかりやすい。

それに対して俺の目指してるのはエンチャンターだからなー。

仲間がいて初めて真価を発揮できるタイプ。

魔法もそこそこ、剣もそこそこだから個人ではどうしても決定打に欠けるんだよなぁ。

ギィンッ!!　と一際大きな音が辺りに響き、シーシキンの持つ剣が宙を舞った。

「チィッ!!」

やはり力勝負になるとシローが優勢だな。

手数で攻め切れなければ、力で勝るシローが今のところ優勢かな。

「次ライもやる？」

ひと試合終えたシローが俺にそう聞いてきた。

「うーん。せっかくなら2ON2とかでやりたいかなー」

「2ON2？　ってなに？」

聞き慣れない単語にこてりと首を傾《かし》げたシローがそう聞いてきた。

「二人対二人のチーム戦。冒険者ランクが上がれば一人の強さが物を言うかもしれないけど、初めの方は誰かとパーティーを組むでしょう？　だからそれを想定した戦い。どう？」

俺の言葉に少しは興味をそそられたのか、すぐに踵《きびす》を返して俺から離れようとしていたシーシキンが足を止めてこちらに耳を傾けている。

「おもろそうやん！　せやったら、ボクとライとアルと、それからもう一人欲しいなぁ！」

と言うわけで、近くにいたクラスメイトの一人を加えていざ実践！　といきたいところだが、俺の戦い方の関係上、ちょっと作戦会議の時間が欲しいと言って設けてもらった。

ちなみにチームは俺とシーシキン、シローと急遽《きゅうきょ》誘ったクラスメイト。

作戦会議できる気がしねぇんだけど……？


「俺様の足を引っ張んじゃねぇ、以上」

「馬鹿か、終わらせんな。何のための作戦会議だ！」

さっさと実戦に移ろうとするシーシキンの襟首《えりくび》を掴《つか》んで引き戻す。

「さっき単体でシローに負けたのを忘れたのかよ!?　いいから、一回俺の話を聞け!!」

「あ？　テメェに何ができんだよ」

本気で俺のことを下に見ている目だ。

わかる、わかるぞ？　事実俺はお前より弱いけどな？

「お前は確かに強い。でも、俺とお前を単純に足しても、シローのいるあっちのチームには勝てない」

「雑魚《ざこ》が」

ビキリと額に青筋が立つが、何とか抑え込む。

「これは、チーム戦だ。単純に強い奴《やつ》が勝つのがチーム戦じゃない。二人で強いチームが勝つんだ。チームは戦力と戦力の足し算じゃねーんだよ。どれだけ互いに協力して、戦力を倍々にしていくかが勝負に勝つ鍵《かぎ》だ」

ぐっとシーシキンの襟を掴み引き寄せる。

「勝つぞ、シーシキン」

◆◆◆◆◆

「お！　ライとアルの方も作戦会議終わったー？」

先に準備のできていたシローたちが余裕そうにそう聞いてきた。

「おう、ばっちり。待たせたな」

渋々ながらも俺の作戦に従うと言ってくれた。

ものすごく顔は不機嫌そうだが。

「おい、シーシキン。頼むから、最初だけは俺の作戦に従えよ」

「使えねーと思ったら俺のやり方でいく」

そう言ってシーシキンが俺の一歩前に出る。

互いのチームの睨《にら》み合いが続き、ぐっと重心を下に落とし込んだシローがこちらに一歩踏み出した。

それを合図にシーシキンが剣を振りかぶり、試合がスタート!!

案の定シーシキンの相手はシロー。

俺に向かってもう一人が突っ込んでくる。

でも、俺の仕事はこいつとやり合うことじゃない。

一瞬で唱えることのできる筋力強化の魔法を俺とシーシキン二人にかける。

そのタイミングで俺も刃《やいば》を交わす。

しかし、俺が筋力を強化したことにより、シローと鍔《つば》迫《ぜ》り合いをしていたシーシキンがその均衡を崩した。

まさか力勝負でシーシキンに負けると思っていなかったのだろう、シローが一瞬驚いたように目を丸くし、隙が生まれた。

俺も同じタイミングで、向かってきた相手の剣を大きく弾《はじ》き飛ばす。

相手は俺の筋力をもう少し下に見ていたようで、意表を突かれたようだった。

残念ながら剣を手放させるまではいかなかったが、大きく相手の体制が崩れる。

それに合わせ、シーシキンがシローに背を向け俺に向かってきていた相手に大きく斬り込んだ。

それと同時に、俺は自分とシーシキンに素早さのバフをかけつつシローに切り込む。

「驚いたなぁ!! ボクの相手はてっきりアルにまかせっきりやと思ったわ!!」

さらに斬り込んでくるシローの攻撃を躱《かわ》しつつ、俺は軽く攻撃を打ち込む。

素早さバフの効果はあと数十秒。

しかし、素早さが上がっている今、もともと攻撃の遅いシローの剣では俺を捉《とら》えきれない。

「ちょこまかと……ッ！ でもそんな逃げるだけでボクには勝たれへんよ！」

ブンッと振られた剣を受け止め、その力に少し体勢を崩された。

その隙を逃《のが》さず追撃してくるシローの攻撃をなんとか回避する。

あっぶね、バフなかったらモロに食らってた。

「ほらほら!! はよライも打ち込んできーな!!」

アドレナリンどばどば出てるであろうシローの言葉に応《こた》える余裕もない。

俺は今効果時間把握に忙しいんだよ!!

素早さバフの効果はあと数秒。

しかし、そこで先ほどスイッチしたシーシキンがきっちり相手を仕留めて戻ってくる。

バフのおかげでいつもより数段速い攻撃をシローに打ち込もうとし、それをシローがとっさにいつも通り受け止めようとした。

そこで、とうに切れた最初のパワー増加の魔法を、今度はシーシキン単体にかける。

魔法の効き目は魔力の大きさ。俺とシーシキンに分散させてかけた最初ですらパワーで劣るシーシキンがシローの剣を大きく弾いたんだぞ？

じゃあ俺にかける分もシーシキンに割り振ったら？

ギィンッッ!!

シローの手から放れた剣が飛び、シーシキンの後ろ。

つまりシローからはすぐに取れない位置へと突き刺さった。

「俺様の、勝ちだ!!」

そのまま切っ先をシローの眼前に突きつけたシーシキンが得意げにそう言った。

ゲームセット。

あくまで俺は時間稼ぎとステータスアップ役。

倒すのはシーシキンに一任しました。

適材適所、ってね。

「いやー、ボク絶対勝てる思ってたのに!!　まさかボクよりも弱いライもすぐに倒せへんとは思わんかった!!」

126

試合後興奮した様子のシローに肩を組まれ、わしわしと頭をかき回された。

「うあっ。ちょ、痛いっ！」

「ごめんごめん！　でもなんや、アルもライもいつもより動き良かったやんなぁ！　なにしたん⁉」

「えっと。俺とシローが真正面から打ち合っても絶対俺が負けるだろう？　だから、最初はシーシキンにシローの相手をしてもらう。で、絶対にシーシキンとシローが打ち合うほうが、俺のところにシローのペアが来るよりも早い。だから、その数秒でかけられる筋力増加の魔法を俺とシーシキンにかけたのね」

で、互いに互いの相手に隙を作る。

なぜなら、俺がまともに戦えば俺は一〇〇％負ける。

で、シーシキンとシローだと実力が拮抗《きっこう》し、多少バフをかけたところで泥仕合。

時間が長引けば長引くほど、バフの消えた俺が負けて二対一でシーシキンも負ける確率が大きくなる。

だから、早々にシロー一人に対して俺たち二人の構図にしたかった。

隙を作ったタイミングで俺がシローの相手をして時間を稼ぎ、素早さの上がったシーシキンにもう一人をすぐに倒してもらう。

素早さバフがかかる時間はもって数十秒。

この効果が切れるまでにシーシキンが戻ってこなければ、俺がシローにやられて負け。

こればっかりはシーシキンの実力を信じるしかなかった。

俺は素早さが上がっている間にシローの攻撃をしのぎ、シーシキンの元に行くことを妨害することが目的。

そしてシーシキンがもう一人を倒して戻ってきたタイミングでシローの相手を交代。

シーシキンとシローの実力は拮抗しているので、シーシキンさえ戻ってくれば俺は完全フリーになるので、最初よりも強い魔力で筋力増加をし、その拮抗を崩してやればいい。

「チーム戦において勝つためには、戦力をいかに足していくかじゃなくて、いかに倍々にしていくかだからな」

シローとの一戦が終わってから、シーシキンは眉根《まゆね》を寄せて自分の手をグーパーさせている。

「どーした？　なんか違和感ある？」

何か俺の魔法に不手際があったのかと思い、そう聞くも、ちらりとも視線を寄越さないししゃべらない。

「おい、もう一戦すんぞ」

「お、おぉッ⁉」

ぐいっと襟首をシーシキンに掴まれ後ろに引っ張られる。

服で喉《のど》が圧迫されたんだが？　謝る気はゼロかよ！

不機嫌さを隠さずに、それでも実戦形式で魔法を試せる機会はありがたいのでなにも言わないけどさ。

その後も俺とシーシキンのペアVSシローと毎戦メンバーを変えたチームで何試合かしてみた。

「も、無理!! この体力お化けども!! 俺のスタミナがもたん!!」

いい加減メインで剣を振ってないとは言え、ぶっ通しで何戦もしたら疲れる。

疲労で魔法の精度も落ちるしいい加減にしろ！

息が切れている俺に対してシーシキンとシローはじんわりと汗をかく程度。

これが鍛錬量の差………!?

体力差に愕然《がくぜん》としていると、何試合か前から俺たちの戦いを見ていたミューラー先生が近づいてきた。

「面白い戦い方ですね。しかし、効果は計り知れない。必ず君がアルトゥール・シーシキンの足を引っ張ると思っていたんですが………。意外にも君が組んだ時のほうが勝率が高い」

今のところ、俺は単体での勝率は二割程度。

たまにラッキーで勝てるぐらいだ。

でも、誰かと組んだ時は勝率多分九割超えてるんじゃないかな?

単純に他《ほか》の奴らが魔法に慣れてなさすぎるっていうことも理由の一つだと思うんだけど。

「いやー。魔法についてはさっぱりなんですが、魔導士科の教師陣に君のことをよく聞かれるのも納得できますね」

「ああ。確か前にもおっしゃってましたよね」

「そう。なんでも、魔法同士の相乗効果。その話で議論を交わしたいそうですよ。なぜ君は魔導士科じゃないんです？　そちらなら数年後にパーティーを組む際もひっぱりだこだったでしょうに」

辛辣《しんらつ》ッ!!　ぐさっと言葉の刃が俺のハートに突き刺さる！　正論が痛い!!　でも、俺はキュリロス師匠に「なかなかやりますな」って言われたいんだよ!!　剣術でぇ!!

ミューラー先生の辛辣な言葉に地味にダメージを食らっている俺の腕を誰かがグイっと引っ張った。

「こいつが余ったら、俺のパーティーにもらうんで。むしろ魔導士科の貧弱どもにやりません。あんな頭だけの弱ぇ奴らより、俺のほうがこいつのこと活《い》かせます」

掴まれた腕の方を振り向けば、むすっとした顔をしたシーシキン。

「誰がテメェのパーティーに入るか。さんざん俺を弱い弱い言いやがって」

「あ？　事実だろうが。テメェ一人じゃどうやったって俺様に勝てねぇじゃねぇか」

「誰が自分を侮《あなど》って下に見てくる奴のパーティーに入るかバーカ」

「なんだと、テメェコラ」

「だからー！　なんで二人ともそんな喧嘩《けんか》腰にしか話できんの!?」

いつも通りの俺とシーシキンの軽口に、ミューラー先生が笑みを深める。

「まぁ。私の試験に合格しないとパーティーは組ませませんし、そもそも学園の外に出てのクエストなんてもっての外ですけどね」

そう、冒険者として本当に外に出てやっていけるのかどうか。それを判断するのは騎士科では担当教師の役割だ。

最低限冒険者として外に出てもやっていける実力がないと、無駄死にするだけだ。

魔導士科は最終的に選択する魔術系統の担当が判断下すのかな？

「ライにはちょっと厳しい内容やんなぁ」

この選別試験はあくまで個人戦。

個人で、自分が一人でも冒険者としてやっていけると証明しなくてはならない。

「大丈夫ですよ、ライ・オルトネク。学園は別に何年留年してもペナルティはありませんから。ただ、君が年下の後輩たちに先を越されていくだけですよ」

言葉の刃が俺の心臓を貫く。

やめてください。俺のガラスのハートをＫＩＬＬしないで。

ライのライフはもうゼロよー!!

打ちひしがれている俺の肩に励ますようにシローが手を置く。

「大丈夫やで！　俺何年でもライのこと待つから！　な!?」

「留年することは決定事項ですか、そうですか。俺は弱いですか、知ってますが、そうですか」

完全にいじけモードだよくそ。

心優しい気遣いが余計に傷に塩を塗りたくる。

「ほらほら。まだ先のことは考えず、目先のことに集中しなさい。もういい時間なので座学に移ります。さぁ、早く移動しますよ」

◆◆◆◆◆

学園での講義が終わり、そのままバイト先の骨董品屋に行く。

「あ！　ライさん!!　お疲れ様です！」

看板娘のジュリアが明るく俺を出迎えてくれた。

「お疲れ様。今日は新規入荷あった？」

「いえ……。いつも仕入れに来てくださる方が今日は用事があって来られなかったんです」

しょぼんと眉尻《まゆじり》を下げジュリアがそう言った。

最近露骨にこの店に商品を卸《おろ》してくれていた商人が遠のき始めた。

まぁ、正確にいつごろジュリアの父親がいなくなったのかはわからないが、父親がいなくなってからのこの店の経営がそれだけ信用できないものだと判断されたんだ。

買い叩《たた》かれる商品とわかっていて、いいものを卸すのなんて馬鹿みたいだからな。

「うーん。そろそろ本格的に専門家を探さないとやばいぞ。商人は信用が第一なんだ。他の商人から見放されたら、この店に寄ってくるのはこの店をいいように食いつぶそうとする奴らばっかりだぞ」

「知り合いの方に助けていただければよかったんですけど……」

「おおかた、店をたためって言われた？」

「…………はい」

そりゃそうだ。学園の商業科を卒業していたとしても、商人として成功できるのは一握り。

それが、学園も出ていない初等科を卒業したばかりの、骨董品の見極めもままならないジュリアを見て、それでも応援するような大人《おとな》はいないだろうな。

商人として、きちんとやっていけるようになるまで俺が面倒を見る？

いや、無理だろう。今は学園にいるから自由にさせてもらえているけど、ある程度大人になったら俺も王族としての責務を果たさないといけない。

じゃあ俺の知り合いを紹介する？

紹介するとして誰を？

ホフレに頼めば明日と言わずに今日中に適任者を送ってくれるだろうが、俺が学園からいなくなった後は？　それでも俺のわがままでずっといてもらう？

でも、俺がたまたまここを見つけたから支援しているけど、ここと同じような状況の店を探せば他にもあるだろう。

まぁ、だからと言って見捨てることができないからこれだけ悩んでるんだけど。

と言うか、店の経営状態的に新しい商品を入荷する余裕は正直あまりない。

とは言え、新しい商品がなければ今ある商品を消費するだけなのでいつかは行き詰まる。

路地裏にある目立たない店なので日々の客足は多くはないが、それでも日に数人は訪れてくれる。

なんなら、今までジュリアがふざけた価格設定をしていたおかげと言うべきか、せいと言うべきか魔石が文字通り破格で買える店として知られてたのでそのころの常連さんがいる。

「あーあー。君が来てから魔石の値段が上がったんだけど」

「そんなこと言わずに買ってくださいよ。とは言え他の店よりも安いでしょ？」

「まあねぇ」

たまにそんな話をしながら、おそらく学園の魔導士科の先生が魔石を購入してくれる。

これがうちの店の主な収入源。

裏を返せば、ジュリアの父親がいた時の主力商品と思われる家具や価値のある雑貨類はほとんど売れない。

そりゃそうだよな。その辺りの家具を買うためにこんなマイナーな店に来る人のほうが少ない。

「売りさばくかぁ」

あっても店を圧迫するだけなら、多少仕入れ値よりも安くなっても他の店に売っぱらって資金に変えて、そのお金で今の主力商品である魔石とかを仕入れたほうが圧倒的にいい。

自分で売りに行くのは伝手《つて》がないのでできるだけ避けたい。


「ジュリア」

「どうしましたか？　ライさん」

今日も今日とて暇なので、手持ち無沙汰《ぶさた》そうに店内の掃除をしていたジュリアに話しかけると、不思議そうに彼女が振り向いた。

「商品はジュリアのお父さんが依頼してた仲介業者がまだ持ってきてくれてるんだよね？」

「う、うん。最近はパパがいた時に比べれば頻度は減ったけど、週に一回は来てくれてるわ」

「その時に、この辺の家具を多少安くなっても引き取ってもらえないか聞いておいてくれないか？」

俺がそう言うと、ジュリアはこてりと首を傾げた。

「商品を自分たちの店で売らないんですか？」

「伝手とか、需要があるならここで売るよ。でも、現状売れてないし、置いておくにしてもこれ以上は劣化がねぇ。俺もジュリアもその辺りの知識がないから。それに、魔石が少なくなったから補充したいけど、その元手が心許《もと》ない」

そこまで言えばジュリアも納得したのか、こくりとうなずいて笑みを浮かべた。

「わかりました！　では、次に仕入れのおじさんが来たら話してみますね！」

と、そんな話をしたのがすでに数週間前。

なのに、まだ家具が一個も売れてない。

引き取り拒否をされたわけではない。

そもそもあれ以降一度も件《くだん》の仕入れ業者が来てないのだ。

「い、いままでこんなことなかったんですけど」

不安そうに眉尻を下げたジュリアにこちらも頭を悩ませる。

最後にその業者に会ったのはジュリアだし、俺は昼間学園で、一度もその業者に会ったことがない。

とは言え、頼みの綱である業者経由で売れないとなると、俺やジュリア自身で売るしかない。

ジュリアに任せたいところだが、思いっきり買い叩かれる未来しか見えない。

それなら店をジュリアに任せて、俺が売りに行ったほうがいい気がする。

「まあ、来ないなら仕方がない。とりあえず、今度売れそうな店を見つけて俺が売ってくるよ」

「すみません、お願いします」

申し訳なさそうにそう言ったジュリアの頭にポンっと手を置く。

「頑張って乗り切ろ？　お父さんが遺《のこ》してくれた大切なお店なんでしょ」

「っ。ありがとう、ございます」

そう言ってジュリアは頭を深く下げた。

俺よりも小さな体に、薄い肩。

これが庇護《ひご》欲？　父性？

何と言うか、初等科を出ただけのジュリアはひどく世間知らずな印象を受け、ついつい世話を焼いてしまう。

「あの、ライさんっ」

「ん？　どうした？」

ジュリアが意を決したように顔を上げた。

何か言いたげに口を開いては閉じ、そして視線が落ち着きなさげにさまよう。

頬《ほお》がわずかに赤く染まっており、これは恋愛に疎《うと》い俺でもやらかしたことがわかる。

「っと、悪い。馴れ馴《なな》れしかったな」

すぐにジュリアの頭の上に置いていた手をどけて距離を取る。

「妹がいるから、ついジュリアにも同じように接してごめんな？　なんか、ジュリアを見てたら妹のことを思い出してさ」

俺の言葉に、ジュリアの頬から赤みが引いた。

「ま、ジュリアも俺のことを兄だと思ってもっと頼っていいよ」

「……ありがとうございます」

どこか複雑そうな愛想笑い。

多分、好意を寄せられているんだと思う。

そりゃ店の経営でどうしていいかわからない中、ほとんど毎日他人である自分のために頭をひねらせて行動してくれる年上がいたらちょっとドキッてするよね。

年齢もすごく離れているわけでもない。

とは言え、ジュリアがその感情を俺にぶつけてきてくれても『第七王子』である俺が応えられるはずもない。

結局最後には、俺はこの店から去るし、ジュリアがどれだけ縋《すが》っても側《そば》にはいてやれなければ連れていくこともできない。

この考えが杞憂《きゆう》で済めばいいが…………。

ふとジュリアに視線を向ければ、その眼《め》にはわずかに涙が溜《た》まっている。

「あ、の。少し、後ろの在庫見てきますね！」

「ん。了解」

でも、ジュリアの様子を見る限り俺の考えが外れているとは思えないんだよなぁ。

初恋奪っちゃった、なんて言えないよなぁ。

こんなことで頭を悩ませることになるとは……。

何はともあれ、ジュリアのことよりも店のこと。

先日の二人対二人の実戦以降シーシキン、改めアルトゥールとの関係もだいぶよくなったことだし、今度アルトゥールとシローでも誘って市場調査に買い物でも行くかぁ。

◆◆◆◆◆

「シロー、アルトゥール。今日ちょっと放課後付き合ってくれない？」

すっかり仲良く、と言うかつるむようになったシローとアルトゥールに声をかければ二人とも不思議そうな顔をしながらも頷《うなず》いてくれた。

「でも珍しいなぁ。ライってだいたい学園終わったら例のバイト先行っとるやん」

「それを言うならシローもだろ。今日バイトは？」

「夜からやからちょっとは付き合えるよー」

ＯＫマークを指で作ったシローがへらりと笑った。

「で、何しに行くんだよ」

怪訝《けげん》そうな表情をしたアルトゥールが頬杖《ほおづえ》をついて俺を見てくる。

「市場調査、かなー」

と、言うわけでアルトゥールとシローを連れて学園都市内のメインロードの一つを歩く。

チェントロ学園都市の構造は王宮と少し似ている。

中央に学園があり、そこから東西南北にメインロードが伸びる。

東のメインロード【アーベント】

武器や防具、魔法道具などの冒険者がよく立ち寄る店が立ち並ぶ。

学園でパーティーを組んで実地でクエストをこなす学生のみならず、既に冒険者として生計を立てているプロの冒険者たちも立ち寄る。

西のメインロード【メルキウム】

雑貨や食料品など日常生活で必要なものを取り揃《そろ》えた店が立ち並ぶ。

基本学園都市内で生活している者はここで日々の買い物を済ませている。

南のメインロード【ディアス】

飲食店や劇場などの娯楽施設が立ち並ぶ。だいたい学園都市内で遊びに行くと言ったら、このディアスに行くことになる。

北のメインロード、【ラシェーニ】

主に服飾関係。装飾品や宝石など。メルキウムにある店よりも高価なものが多く、いわゆるブランド店が多く立ち並ぶ。

東西南北で店の特色が違うので、メルキウムの周辺は一般人が、ラシェーニの周辺は貴族の邸宅が多いのだ。

ちなみにジュリアの骨董品屋はメルキウムから少し路地に入り、ラシェーニ側に進んだところにある。

元々売ってた商品が家具とかティーカップとかの類《たぐい》だったのでこの場所だ。

だからこそ魔石みたいな冒険者が欲しがるものを買いに来る人はこの店の存在を知るお得意さんくらいなんだけど。

今回俺が市場調査に行くのはメルキウムとラシェーニ。

店の肥やしになっている家具たちをどうにか売っぱらう店を探すのが目的だからね。

一人でも良かったんだけど、やっぱり第三者からの意見は聞きたいしシローとアルトゥールを誘ったんだけど、二人に挟まれて歩くと自分の小ささが目立つなぁ。

いや、実際には同年代の平均身長よりかはあるとは思うんだけど。

何分アルトゥールは俺より年上で平均身長ぐらいはある。

シローはそれよりもさらに年上で平均身長以上の高身長。

俺の圧倒的年下感。

しょうがないんだけど、ものすごく負けた気がするっ!!

「んで？　どの店見んだよ」

俺が密《ひそ》かに二人に見劣りする自分の体にギリィッ！　ってしてたらアルトゥールが少し身を屈《かが》めて俺にそう問うてきた。

やめろ。身を屈めるな。俺はちっちゃくない。平均身長だ。なんなら成長期だからまだまだ伸びてる最中だ!!

「とりあえずは雑貨屋。俺学園で使う筆記用具とかちょっと買い揃えたいんだ」

「おっけー。ボクも買い足したいもんあるしちょうど良かったわ。行く雑貨屋もう決めとるん？」

さらに身を屈めたシローが俺にそう言う。

身を屈めてるのに俺が見上げなきゃなんないって何??

お前どんだけでかいの??

「んー。あそこかなぁ」

メルキウムという商業激戦区の中の一等地も一等地。そんな場所に店を構える雑貨屋【フラディーノ】。

庶民派の通りに店を構えているものの、そのネームバリューは一端のブランド店だ。

しかもうちの常連の話を聞く限り、フラディーノは今の経営者が一代で起こしてここまで大きくしたらしい。

ぜひそのノウハウを聞きたいところだが、それが無理でも店内から少しでもそのヒントが得られればいい。

店に入れば学園が終わった時間ということもあり、学生で賑《にぎ》わっていた。

とりあえず消耗品で学園で使う諸々《もろもろ》を手に取りながら店内を歩く。

シローは先ほど言っていた通り買いたいものがあるのか、俺とは離れて買い物を始めた。

アルトゥールは逆に買いたいものがないのか俺の後をついてくる。

「なぁ、アルトゥール」

「あ？」

俺はレジ横のちょっと高いものが売ってるショーケースの前で足を止め、そこにあるコアと魔石のコーナーを見た。

前にも言ったかもしれないが、コアは魔物から取れる魔力を含んだ石のようなもので、魔石は魔力を含んだ化石。

もちろん魔石の方が高価だが、学園で学生が使う分ならコアで十分だ。

並んでいる魔石も、魔力量だけで言うならうちで売ってる魔石の方が中古とは言え多い。

つまりこの店のものは低級品で学生でも頑張れば買えないこともない、といった値段設定だ。

まあ、それでも高いものは高いが。

「これ質の割に安いと思う？　高いと思う？」

指さすのはもちろんコアと魔石。

「安い」

即答。

「だよなぁ。これで売ってたら得られる利益なんて微々たるものだよなぁ」

俺も安いと思う。むしろ安すぎる。

仕入れ値と売値から差し引いたら利益なんて微々たるものになりそうなものを。

手に持っていた、同じく他の店よりもだいぶ安い雑貨を購入するためにレジに並ぶ。

「経営云々《うんぬん》は俺にはわかんねぇけど、他の店の売値が安いとか関係あんのか？」

「そりゃね。誰だって安いとこで買って得したいでしょ。でも、うちの店ではこの値段で売れないなぁ」

「ふーん……？」

理由がわかってないアルトゥールにかみ砕いて説明する。

売値が安くともこの店がやっていける理由は薄利多売《はくりたばい》で回収できているからだ。

一つ一つの利益は少なくとも、たくさん売っていけば、最終的にはかなりの利益になる。

「うちの店はちっさいし、最近は仕入れもうまくいってないから多売ができない。そもそも客数も少ないしね」

説明したのに、アルトゥールは興味をすでに失ったのか生返事。

殴ってやろうか。

「そういやなんだっけ？　お前の店の名前」

次の方どうぞ、とレジを打つ男性の声に足を進め商品をサッカー台に置いた。

「骨董品屋【ジューノ】だよ」

無事レジで会計を済ませた後、同じく買い物を済ませたシローとも合流し、ラシェーニへと移動する。

「うひゃー。ボクには程遠い世界やわぁ」

ラシェーニに立ち並ぶ店はどこもかしこも高級感があり、今の俺たちの服装ではどことなく浮いている。

ブランドで全身武装したセレブの群れに、着古した安売りTシャツを着てる奴が混じったら明らかに浮くでしょ？　そんな感じ。

少なくともラシェーニに来る人は身なりをきちんとしてるしね。

対して俺たちは学園終わりだから実技訓練でシャツはよれてるし、どことなく薄汚れて見える。

「ボクの故郷山奥やし、こんな高そうな店入られん……っ!!」

「おいおい……俺たち場違いが過ぎねぇか？」

あのアルトゥールでさえ尻込《しりご》みしている。

「まぁ、そんなこと言っても引きずっていくんですけどね！」

ガシッと二人の腕を掴んで、いざブランド店!!

とは言え、買うつもりはこれぽっちもないので、何店舗か冷やかしながら値段設定を見ていく。

何店舗か見る限り、うちの店にある商品で中古ということを考慮するともう少し安くてもいいのでは？　と思うものをいくつか脳内でピックアップする。

「あの、ここって買取とかやってます？」

「買取、でございますか？　申し訳ございません。当店では販売のみでございまして」

各店舗で店員に聞くも、やっぱり販売のみとのこと。

どこかに貴金属買い取りますみたいな店はないのか。

何店舗か入ってすべての店舗で買取はないと言われたので、有名なブランド店は候補から除外。

買取をしている店舗を探せば、何店舗か買取専門の店はあるようだった。

セカンドハンドショップの形態を取っている店では実際に入ってそこでの売値を確認していく。

「なーなー、ライー。まだ見るん？」

そろそろ飽きてきたのか、いたたまれなくなってきたのか、シローが俺の背に覆い被《かぶ》さってそう言った。

「せーがーちーぢーむー。きゃー、アルトゥールさん助けてー」

「やめてやれ、シロー」

アルトゥールに背を引っ張られたシローが俺の上からひっぺがされた。

お礼を言おうとアルトゥールの方に顔を向けた俺に、アルトゥールは一言。

「ただでさえチビなんだから」

「てめぇは俺を怒らせた」

魚類許すまじ。

◆◆◆◆◆

シローとアルトゥールに付き合ってもらって市場調査をした次の日、俺は実際にティーカップを持ってラシェーニにある買取店に持ち込む。

安く見積もっても、低品質の魔石を数個、コアなら数十個仕入れられるくらいの価値のあるティーカップのセットだ。

なのに。

「はぁ？　もう一回言ってくれます？」

「ええ、ですから。このティーカップのセットですと、この程度の値段かと」

提示された値段は到底このティーカップに見合う金銭ではない。

魔石はおろか、コアを買うことすら怪しい値段。

その辺の大量生産品と変わらない値段に、いっそ頭痛を覚えるレベルだ。

「じゃあ、結構です」

そんな値段で売るわけにはいかないと、一店舗目を後にして、二店舗目に。

「こんなもんでどうでしょう」

だと言うのに、何店舗尋ねてみても提示されるのは同じようなもの。

俺がおかしいのか？　いや、そんなはずはない。

こちとら王宮で培《つちか》われた一級の審美眼だぞ。

こんな二束三文《にそくさんもん》で売り払っても意味はない。

それなら、たとえなかなか売れなくても、店に展示して購入者を待つほうがいい。

しかしそのティーカップの件は始まりに過ぎず、他のアンティーク品も例外なくすべて買い叩こうとされた。

一点、二点程度なら、たまたまそれについての知識がなかっただけかと思うのだが、すべての店舗で、しかも持ち込んだすべての商品で同じようなことを言われる。

「何これいじめ？」

もはや誰かが意図的にこの店をつぶそうとしてない？

試しにオリバーに一番初めに売りに行ったティーカップを売りに行ってもらったんだが、ちゃんと適正価格で買い取ってもらえた。

とは言えずっとオリバーや他の誰かに頼るわけにもいかない。

「ど、どうしましょう」

日に日に自分の機嫌が悪くなっていくことがわかる。それと同時に、ジュリアも気落ちしていく。

もちろん俺がジュリアに当たっているわけではないのでそこは勘違いしないでほしい。

でも、まぁ。俺が来て、少しだけ経営は持ち直した、というかましにはなった。

今までタダ同然で売っていた魔石から収入が得られるようになったからね。

でも、魔石が売れても、今の店にはその魔石を購入して在庫を安定させられるだけの資金がない。

資金を作ろうにもなぜか売れない。

そうすると、今まで魔石目当てで来てくれていた客足も遠のいてしまった。

「アンタを雇っても、結局なんにも変わりゃしなかったね」

「おばあちゃん…………」

久しぶりに店に顔を出したジネブラさんが、最近の経営状況にそう言葉を零《こぼ》した。

「ディーノが、いてくれた時はねぇ」

諦《あきら》めがちにそうつぶやいたジネブラさんのその言葉が少し引っかかった。

「ディーノさんって、ジュリアのお父さん？」

「うん。パパの名前だけど、どうかした？」

ディーノ、ディーノ…………？　どこかで聞いたような。

「このお店ね、パパと伯父《おじ》さんの名前から取ってるのよ。ジューノって」

カラ元気だろうが、努《つと》めて明るい表情を浮かべてそう言ったジュリアの言葉に、俺は聞き覚えのあるその名前を思い出した。

「フラディーノだ！」

メルキウムにあったあの店。

「なんだ、ジュゼッペの店も知ってんのかい。まぁ、そうだろうね。あの子はディーノとは違うタイプだけど、商《あきな》いがうまかったからねぇ」

「あの店、私の伯父さんの店なんです」

そう言われた時の俺の気持ちがわかるだろうか。

「なんで頼ってないの⁇」

普通に考えて、一代であれだけ店を大きくした天才が身内にいるなら頼るよね？　なんでこんなに経営困難になってるの⁇

「初めは頼りましたよ。でも、商人として成功するビジョンの見えない私の支援はできないって」

「いやいやいやいやいや。だとしても、経営のノウハウとか。そうでなくとも、共同経営者もしくはオーナーの立場になってもらえばよかったじゃん？」

オーナーをそのジュゼッペさんに。店長をジュリアにすればよくない？

収入支出はすべてジュゼッペさんに報告して売り上げも一度全部オーナーのもとに集める。で、そこから店の予算と店長であるジュリアへの給料を配分する。

ジュリアに商いの才能がないなら、あくまでジュリアは販売員で店の中枢を担う部分をそのジュゼッペさんとかいう伯父さんがやったらよくないの⁇

ストレートにそう言えば、ジュリアは心底理解できないと首を傾げた。

「パパのお店なのに、伯父さんが経営するんですか？」

俺は頭を抱えた。

「逆に聞くけど、なんで伯父さんが経営したらだめなの」

「え、だって。このお店はパパのお店で。私はもともとこのお店で働いてて、いつかパパの後を継ぐって話をしてたから」

「あくまでこの店はジュリアのお父さんの店で、伯父さんの店ではない、と?」

俺の問いにこくりと頷いた。

子供か?? 視野狭くない?

「あのな。今のジュリアには店を経営できるだけの力量はないって、わかってるよな」

「そ、それは。はい……」

「なのに、なんで経営面でプロの伯父さんを頼らないの?」

「た、頼りました! 経営がうまくいかないから教えてほしいって、お願いしたんです。でも、伯父さんは私には向いてないからやめろって言うばっかりで」

しゅんっと下を向いてしまったジュリアに頭痛を覚えた。

「この世界には吸収合併、共同運営、子会社という概念がないのかな??」

「吸収されたら、もうそれってジューノとしてはお店を開けないってことですよね?」

あー、なる、ほど? ジュリアにとって伯父さんに経営を任せるイコールこの店がなくなると同意なのか?

なるほどわからん。ジュリアと話してもわからん。とりあえず、ジュリアがなんで伯父さんに経営を任せなかったのかはわかった。

でも、なんで伯父さんのほうがジュリアの店舗経営に対してそれだけ消極的なのかがわからない。

「とりあえず、一回その伯父さんとやらと話をさせてくれ!!」

俺は切実に叫んだ。それだけでここ数週間の俺の胃痛の原因がなくなるかもしれないからなぁ！

◆◆◆◆◆

あれから数日、俺はいつも通りカランコロンと音を立て、店の扉を開く。

「あ！　ライさん!!」

嬉《うれ》しそうにこちらに笑みを向けるジュリア、と。

「え、っと。初めまして？」

「おぉ！　初めまして。君がジュリアと母さんが言っていたライくん、だろう？」

金の髪をオールバックにした鷲鼻《わしばな》が特徴的な男性。

あの日フラディーノでレジに立っていた男性だ。

彼がジュリアの伯父さんということか。

「ジュリアから店の経営に関して君が話をしたいと言っていると聞いてね。最近彼女からの質問がいつもよりも具体的と言うか、内容を持つようになってなぁ。姪《めい》に知識を教えたのがどんな相手なのか、気になっていたところだったんだ」

「なるほど、そういうことですか」

前に俺が会わせろと言ってすぐにジュリアがかけ合ってくれたのだろう。じゃないと忙しいはずの彼がわざわざこちらに足を運ぶとは思えない。

「弟の子供だ。私も何とかしてやりたいのはやまやまだったんだが、正直骨董品に関しては私の専門外でな。手を出してもうまくいくとは思えなくて経営に関しては断っていたんだが、何を話したいのかな？」

ははっ。と乾いた笑いを零しながら頬をかく。しかし、その眼は俺を完全に値踏みしてる。

「もう！　伯父さん！　ライさんを立たせたままでお話するつもりですか!?　ごめんなさい、この間ライさんに聞いた話を伯父さんにしたらぜひ話をって……」

申し訳なさそうに眉尻を下げながらそう言ったジュリア。

でも、ここで別の系統とは言え店を経営している、それも信頼できる、とは一概に言えないが、まあ頼れる大人の知り合いができてよかった。

「母さんとももう一度話をしたいと思っていたところだ。君の話を詳しく聞きたい。今日この店自体は臨時休業にしようと思うんだが、それでも構わないかね？」

「もちろんです」

店の奥へと進む。

奥のスペースは店の物置なんだが、そこからさらに階段で二階に上がれるようになっている。

その階段を上がると、普段ジュリアとジネブラさんが生活している居住スペースがある。

もちろん建物の外階段を上って居住スペースに出入りすることも可能になっている。

二階に上がるとジネブラさんが人数分の紅茶を用意していた。

「ふん。久しぶりに帰ってきたと思ったら。また店の話かい。アタシはこの店をたたむつもりはないよ！　あの子に任された店なんだ。あの子がたためって言うんならまだしも、アンタに言われた程度じゃあたたみはしないよ。その子まで連れてきて、これはうちの問題だ！　あんた、口を挟むんじゃないよ!!」

いつも通り言葉はきついし、取り付く島もない。

しかし、そんなジネブラさんに慣れているのか、ジュリアの伯父は俺とジュリアを連れて椅子《いす》に座った。

「改めて、私はジュゼッペ。大通りのほうで学生向けの装飾品とか武器、防具全般を扱ってる店のオーナーだ」

「フラディーノのですよね？　存じ上げています。俺はライ・オルトネクです。今年学園の騎士科に入りました」

「騎士科に？　驚いた。ジュリアから本物の魔石を見抜いたと聞いたからてっきり魔導士科かと」

ここでもか!!　そんなに騎士科で魔法に詳しかったらおかしいか!?　いや、おかしいんだろうな、普通は!!

「よく言われます」

「そうか………今年はそういう子が多いのか？　だとしたらうちに置いてある商品のラインナップも少し見直さなくちゃならない」

「え？　いや、たぶん俺と俺の周りの人たちだけだと思いますけど」

「そうか！　いや、でも今後そういう需要も増えるのか？　どちらにせよ、ライ君が今後もうちの店を利用してくれるなら、その辺りは少し改めよう」

うんうん、っと納得したように頷くジュゼッペさん。

「あの、お話をしても？」

「ああ！　そうだった、いやすまない。つい商売の話になると面白くて本筋からずれてしまう」

「だから彼女さんにも逃げられるんですよ！　伯父さんもいい年なのに」

「全くだよ。弟のディーノはこんなに可愛《かわい》いジュリアをアタシに見せてくれたっていうのに」

姪と母親からのダブルコンボにジュゼッペさんのライフはゼロよ!!

やめて差し上げて。もうジュゼッペさんは瀕死だ。

「は、はは。つい、店の経営を優先してしまってね」

「そんなに経営が好きなら、この店も何とかおし。あの子が、アンタの弟が残した店だよ」

いつもよりも静かな、でも重みのあるその言葉にジュゼッペさんは真面目《まじめ》な顔をし、そして息をついた。

「そのための話をしに来たんだ」

真剣な表情のジュゼッペさんが、ジュリアを見る。

「店の経営状態に関しては、ジュリアに大体聞いている。正直、その話を聞いて私は借金ができる前にこの店をたたむべきだと判断した」

それには俺も同意できる。

正直ド素人《しろうと》もいいところのジュリアとジネブラさんがこの店を経営しても行き着く先は借金地獄だろう。

「正直、私はそれでいいと思っていた。そうしたら借金は私が返して、ジュリアと母さんの二人を引き取るいい口実になると、な。それでジュリアには学園に通わせて、ゆくゆくは私の認めた男と結婚させて店を継がせるつもりだった」

商人だから、と言うと偏見になるが、きっちりしている。

大通りで店を経営しているということはそこそこ金はあるんだろう。

問題は後継ぎ。

現状いないのであれば、信頼できる姪っ子を自分の認める男と結婚させれば実力主義者も、血縁がどうとうるさい奴らも黙るというわけだ。

「だから、現実的なアドバイスはせずにジュリアと母さんの好きにさせていたわけだが」

ふとジュリアを見れば、その瞳《め》には涙が溜まっていた。

まあそりゃそうだよな。信じていた人からの言葉がこれだもんな。

ジュゼッペさんもそれに気づき、眉尻を下げて少し笑った。

そういう表情は二人ともよく似ている。

「ライ君が来て、首の皮一枚とは言えつながった」

「だから、他の店に圧力をかけてこの店をつぶそうとしたんですか?」

俺の言葉に、ジュゼッペさんも、ジュリアも、ジネブラさんでさえ信じられないと目を見開いた。

「…………なぜ、そう思ったんだい」

落ち着き払った声。一切の焦りはない。

「俺、業務内容的にあまり外出しないんです。仕入れ業者に会うこともないし。でも、そんな俺が唯一この店で働いていることを口に出したことがあります」

「うちの店か」

そう、あの日アルトゥールに聞かれてこの店の名前を答えた。

外でこの店の名前を口に出したのはあれが最初で最後。

「俺が店の資金を確保するために商品を売りに行くと買い叩かれた。なのに、俺の友人が売りに行くと適正価格で取引が成立した。その時点で気づきますよね？　誰かが俺からの商品は買い叩けと指示を出してるんじゃないかと」

ジュリアには前から商品を売って金を作る話をしていた。

その話は『相談』という名のもとにジュゼッペさんのもとに届く。

でも、さっさと店をつぶしたいジュゼッペさんにとってそれは非常に厄介だ。

「で、俺の存在を探っていたんじゃないですか？　でも、なぜか俺の情報は集まらない」

これでも一応王子なので。一応俺には護衛がついているはずだ。

と言うか一〇〇%ついてる。なぜならホフレからの手紙には俺の近況に関して必ず一言コメントが入ってるから。

絶対ホフレの部下が俺の周りにいる。誰かは知らんが。

あのホフレの部下が、俺の情報をそうやすやすと抜かせるはずがない。

ならジュゼッペさんは焦ったはずだ。どれだけ探っても出てこない俺という存在に。

そんな中、あの日ジュゼッペさんの店で俺はこの店の名前を出した。

「俺の動向は探れないし、わかっているのは俺の名前と今後しようとしていること。そこに容姿が加わった。もし俺が店の品を正式な価格で売買して店が持ち直したら？　ジュゼッペさんはこの店をつぶすことがより一層難しくなる」

「なんで、そんなこと…………っ。伯父さんは、私たちのことを邪魔するの⁉」

泣きそうな表情のジュリアに、ジュゼッペさんが顔をしかめた。

でも、ジュゼッペさんの気持ちはわからなくもない。

「そりゃ、俺がいなくなったらまた経営がだめになるからでしょ」

俺の言葉に全員の目が俺に向く。

「俺は少なくとも学園を卒業、と言うかパーティーを作っての研修が始まったらジューノに来れなくなる。そしたらまた経営は傾く。だって今まで俺の知恵で何とかしてたから。じゃあそれは根本的な解決にはならない。遅かれ早かれ店をたたむことになる」

「ジュリアたちは勘違いしているようだけどね。私だってこの店が大切だ」

俺の言葉を引き継ぐように、ジュゼッペさんが話し出した。

「彼が一〇〇%善意でこの店を立て直しているとなぜ言える。この店から搾取するかもしれない。乗っ取る気かもしれないとは考えなかったのか？　君の前で言う言葉ではないが、ジュリアが君の話をするたびに私は危機感を覚えた。このままでは、ジュリアはたとえ君がこの店をつぶす気だったとしても喜んで店も自分も母さんも、すべてを差し出すとね」

その危機感は間違ってない。

むしろ、頼むからジュリアはなんでもまず疑ってかかってくれと言いたくなるレベルで考え方が子供のままだ。

「この店は私の弟の店だ。見ず知らずの君にくれてやるくらいならたとえ嫌われようとも私がつぶす」

「その話なんですけど、それって本当につぶさないとだめなんですか？」

「…………は？」

まずそこだ。

ジュリアも言っていたが、なぜ共同経営、オーナーと店長の関係ではだめなのか。

「オーナーになったらいいじゃないですか。資金繰りはジュゼッペさんが一括《いっかつ》管理。骨董品に関して知識がなくとも、ジュゼッペさんの伝手ならいくらでも探せるでしょ。金も仕入れも全部オーナーのジュゼッペさんが管理して、『今週の新規入荷』ってことでジュリアに言って渡して売ってもらう。それじゃダメなんですか？」

「その場合、私がこの店を買い取ることになるからギルド上でのこの店の名前が変わることになるんだが」

「業務提携は？　ジュゼッペさんが経営方法と商品の提供。それをジュリアの店が買い取って、店で販売。あくまでその形式を崩さなければいいんじゃない？　人員に関しては提携先だからお互いに研修っていう形でジュゼッペさんのほうからこっちに派遣すればいいんじゃない？」

やりようはいくらでもあるのに。なんで思いつかないの？

「盲点だった。私がこの店の経営方針に口を出すのはギルドの法で禁じられているからもうつぶすしかないと」

「法とかあるんですね」

「そりゃそうさ。基本的に他の店の経営方針に口を出せないようになっている」

「なら、ジュゼッペさんが人員と経営メソッドを商品としてジュリアの店に販売すればいいんじゃないですか？　商品の取り扱いに疑問があったら販売元に聞いて解決方法を聞くのは禁止されてないでしょ。と、いうか、それジューノの商品買いたたくように他の店に指示するのはいいんですか？」

「あれはあくまでお願いだからな………人材の販売」

「人身売買じゃないですよ。売るのは労働力。ジュゼッペさんが働きたい人と、労働力の欲しい店との仲介人をするんですよ。商人としての伝手があればどこが労働力を欲しているかわかるでしょう？　そこに働きたいけど、誰が労働力を求めているかわからない人を紹介する」

厳密には違うかもしれないが、派遣会社とか、ハロワの役割をすればいいんじゃないの。

「盲点だなぁ……そんなものも商品になるのか」

しばらく悩んだ様子のジュゼッペさんだったが、決心したようで力強く頷いた。

「よしわかった。正直、経営方針云々はグレーゾーンだからそれを商品化できるかはわからないが、人材派遣でここに私の知り合いを送り込むことはできるだろう。なんとかしよう。今後はジューノの名前のまま、あくまでジュリアが商い主としてこの店を経営できるように動いてみよう」

ジュゼッペさんの言葉に、ジュリアは目を見開き、ジネブラさんは怪訝な顔をした。

「いったいどういう風の吹き回しだい？　アンタはだめだと思ったらすぐ切り捨てるタイプだろう？」

「そうだね。でも、いけると思ったことに関して妥協したことはないだろう？」

ふんっと鼻を鳴らしたジネブラさんは、それっきり黙って聞く態勢に入った。

「まず、店の経営、つまり金回りはすべて私が今後派遣した経理担当にやらせること。仕入れに関してはとりあえず今まで通りジュリアと母さんに任せるよ。ただ、経理を送り込んだ後にちゃんと仕入れ担当の人材も派遣する。それまでは、購入前にライ君が一度目を通して、私にどれだけの収益が見込めるか表にして見せてくれ。それから私が許可した物のみ購入する。これはあくまでジュリアの伯父としてアドバイスという形を取る」

「え!?　俺が見るんですか!?」

まさかのここで俺か!!

「当たり前だろう。正直、畑違いだから私は現場に立てない」

「俺だって、学園があるんでいつもいるわけじゃないです」

「だが、この中で唯一こういう品に詳しいのは君だろう？　しかも、馬鹿正直にジュリアや私に店の経営に関してアドバイスをするお人よしだ。信用はできる。もちろん、信頼するにはまだ値しないがな」

にこりとこちらに笑みを向けるジュゼッペさんに、少したじろいだ。

「店の帳簿の書き方やら、なんやらは私のところの子を派遣しよう。今年学園の商業科を卒業したばかりの子だが、筋がいい。どうせここの経営は破綻しているし、彼の勉強にちょうどいいだろう。まずはその子を派遣しよう」

そう言って豪快に笑うジュゼッペさん。今まで経営していたジュリアとジネブラさんの前でそれを言うか。

だが、事実なので俺からは何もフォローしてやれない。

「本来なら、きみをこのままうちで引き取りたかったんだが、商業科でないのであればそうしたところで意味もないな。どうせ経営については君も素人なんだろう？」

ぐさぐさ言ってくるな。歯に衣《きぬ》着せぬ言い方というか。

まあその通りだけども。

「安心するといい。君の給料はきちんとうちの本店スタッフと同じだけの時給を出せるように取り計らおう」

「ありがたいですけど。本心は？」

「今君に逃げられると困る。だから放したくない！」

道具屋をしているということは装飾品関連に関しては知識はあるだろうが、家具に関してはそうはいかないだろうからな。

「俺としては、給料がもらえるのであればそれで構いません。でも、さっきも言いましたけど、学園があるので毎回毎回仕入れを見るのはできないですよ」

「それに関しても話を詰めよう」

俺の今までのシフトは、出勤できる日を週ごとにジュリアに伝え、じゃあその日で！　くらいの軽いシフトだ。

正直本当にそれでいいのかと何度も聞いたが、その辺をよくわかっていないジュリアとジネブラさんだったのでどうしてダメなんですか？　と聞かれた。

それを正直にそのまま伝えるとジュゼッペさんは頭を押さえた。

「よく姪の元で働こうと思ったね」

「俺、妹がいるんですけど、それでなんかほっとけなくて」

「お人よしだなぁ」

苦笑いを浮かべたジュゼッペさんと、少し恥ずかしそうにするジュリア。

「とりあえず、仕入れの日は週に二度に抑えよう。時間帯はライ君が学園を終えて帰ってきてから。できればきちんとしたスタッフが来るまでは私も一緒に商品の仕入れに立ち会う」

「ならその曜日を決めましょうか」

一応この世界にも曜日の概念はある。

一週間を七日に分ける。

感覚としては『俺』の時の月火水木金土日と同じだ。

もっとも呼び方は違うけど。

こっちの世界の神話に基づいている。


神が現れる前、この世界は光も闇《やみ》も存在しなかったそうだ。

光をまとった神が世界に現れたことにより、世界に光と闇が生まれた。

光も闇も存在しなかった世界には、何もなく、ただ広大な大地が広がるだけだった。

世界を見て歩いた神の足跡で地形が形成され、生物のいない世界を見て流した神の涙が海を作った。

そこに、神は自らの左の指先をすべて切り落とす。

それぞれの指は五人の賢者となり、傷口からあふれた血が恵みとなり世界に生き物を生み出した。

その生き物を助ける存在として妖精《ようせい》を、試練として魔物を与え、今の世界ができたそうだ。


それぞれ、光、闇、大地、涙、血、妖精、魔物の名前を冠する言葉が曜日に当てはめられている。

ルーチエ、オス、ボーデン、リュオン、サングレ、ディーワ、モストロだ。

土日にあたる週末はルーチェとオス。神様が光をまとって闇の世界に帰るからだそうだ。

逆に、現世にある、もしくは置いてきた大地から魔物までの五日が月～金曜日に当たる。

学園もボーデンからモストロまでで、ルーチェとオスの日は休みだ。

呼び方に関しては非常に覚えにくいので覚えなくてもいい。

「仕入れの日は、ゲンを担ぎたいから、サングレとディーワの日にしたい」

「二日連続ですか？」

「それぞれ別のところから仕入れるから大丈夫だろう。だが、逆に言えばこの二日間は必ず出勤してほしい」

「まあそのくらいなら」

「他の日に出勤するかどうかは、悪いがこの店の売り上げ次第だ。私の店から一人派遣することになるし、その子と君の給料、それからジュリアに渡す分とを考えて人件費の計算をしてからだ。今までこの店を助けてくれていたわけだから、優遇してやりたい気持ちはあるが、こちらも経営がかかっているからな」

「まあ、正直今までが異常だったので、俺はそれで構いませんよ。とりあえず今週はどうしましょう？」

「私の店から派遣する子にいろいろ教えてやってほしいからな。明日と明後日は出勤してくれ。それ以降はまたその時話す」

「わかりました。えっと、ジュゼッペオーナー？」

手を差し出せば、ニッと笑みを深めたジュゼッペさんがその手を取った。

「よろしく頼む」

◆◆◆◆◆

ジュゼッペさんと話した次の日、俺はいつも通り学園が終わってから店に顔を出した。

「あ！　ライさん!!」

「あなたがジュリアさんの言っていたライさん……ですか。初めまして、店長に言われて今日からこの経営を見ることになりました、ヴォリアです。本日はあくまで、知り合いの店で研修という形で、伺わせていただいています」

見事なまでの無表情。白銀の髪に深い青い瞳《ひとみ》。

スィエーヴィルの系統だろう。

「初めまして、俺の名前はライ・オルトネクです。よろしくお願いします」

手を差し出すと、ちらりとそれを一瞥《いちべつ》し、しばらく見つめ、そして握った。

……………なんだ今の間は!?

気難しい人なのかな!?　年のころは俺よりもだいぶ年上。

多分二十歳は超えてるんじゃないかな？

「先ほどから、ジュリアさんに店の経営状態を教えてもらっていましたが、わからないことが。あー……多く、ありました。ライさんはしばらく仕入れに関しての業務を担うと伺ってはいますが、少々お伺いしても？」

「もちろんです」

多分、言葉を濁してはいるけど、ほとんどわからなかったんだろうなぁ。

そのあと、俺のわかる範囲で経営に関しての話はしたものの、ヴォリアさんの眉間《みけん》に深いしわが刻まれていくことになる。

「とりあえず、今この店に出ているものの値段をきっちりさせましょう」

「賛成です」

それから俺とヴォリアさんは一日かけて店と、奥にある商品のすべての仕入れ値と売値を記入していく。

もっとも、奥にあるものやジュリアとジネブラさんが仕入れたものに関しては正確な値段がわからないものも多かった。

「よく、これで今までこの店がつぶれませんでしたね」

「それは俺も思います」

「…………はぁ。とにかく、何とかします。本当は仕入れ関係でお話ししたかったんですが、しょうがないですね。その話は明日にしましょう」

「賛成です」

改めてこうやって話を聞くと頭が痛くなるなぁ。

経営を学んでいるヴォリアさんなら余計だろう。

先ほどから何度かこめかみに手を当てている。

「そういえば、ヴォリアさんって商業科の出身ですよね」

「はい？　ええ、まぁ。商人の道に進んでますから、それはもちろん」

「あ、あの！　じゃあ、どなたか技術科のお知り合いの方っていらっしゃいませんか⁉　俺、ぜひとも作りたいものがあるんです！」

その言葉に、ヴォリアさんは怪訝そうに眉をひそめた。

「はぁ。作りたいもの……。まぁ、どういったものかにもよりますけど」

「あの、自転車っていうんですけど」

そう、俺は自転車が欲しかった！　学園までちょっと遠いのだ。

いや、もちろん歩ける距離ではあるけど、自転車や車の便利さを知っている『俺』としては、車は無理でも自転車くらいは持っておきたいのだ。

「ジテンシャ？　どういうものですか？」

「えっと、前輪と後輪があって、それをつないだ本体の上に人が座れるサドル。そこに座った状態で、車輪を回転させるためのペダルをつけた人力で駆動する乗り物です」

「………………何人か、心当たりがいます。一度話は通しておきます」

「ありがとうございます！」

正直そっち方面には伝手がないのでありがたい‼

これで俺の通学もちょっと楽になる！

そうこう話しているうちにいつもなら店じまいする時間になったので、俺はヴォリアさんとジュリアに挨拶《あいさつ》をして帰路についた。


寮へと帰った俺に、後ろから声がかかる。

「ずいぶん遅かったね。今まで仕事だったの？」

自分の部屋の扉の前で、オリバーとばったり出くわした。

「まあね。オリバーは？」

「学園で今の今まで先生たちと共同研究だよ。この間君が魔法と魔法の相乗効果の話をしただろう？その時に僕が話し合いの場にいたからっていう理由で意見を求められるんだ。確か、何人か魔導士科の先生方が君の担任に話を通すって意気込んでたけど何も話は聞いてないかい？」

「あーなんかそんなことミューラー先生が言ってた気がする」

「先生方が、ミューラー先生は君と話もさせてくれないと憤っていたよ」

その言葉に俺は目をぱちぱちと瞬かせる。

ミューラー先生の口ぶりだと、別にそこまで俺と話したがっているようには思えなかったから。

「そんなに話したがってるの？　全然俺は話をするくらいならいいんだけど………」

「一度ライからミューラー先生にかけ合って時間を作ってくれないか？　先生方が何を話されているか、わからなくもないんだけど議論に参加できなくて心苦しいんだ」

「そういうことなら、明日話してみるよ」

じゃあね、おやすみ。と互いに手を振って自室に入った。

◆◆◆◆◆

オリバーと話した次の日。

ミューラー先生の座学の講義が終わってすぐ俺は先生に声をかけた。

「あの、ミューラー先生。少しいいですか？」

「ライ・オルトネク、どうしましたか？　何かわからないところでもありましたか？」

教育熱心と言うか、ミューラー先生は何かわからないところがあれば、生徒一人に何時間でも時間を割《さ》いてくれる人だ。

普段俺は座学に関しては予習復習を欠かさないので一度もこうやってミューラー先生に声をかけたことはない。

まあ技術面に関しては俺が一番お世話になってるけど。

「あ、いえ。講義に関してではないんですけど。先日魔導士科の先生が俺と話を、とおっしゃっていた件なんですが、どういった内容だったんでしょうか？」

「さては、魔導士科の生徒から何か聞いたんですね……？」

ちょっと面白くなさそうにミューラー先生が眉間にしわを寄せた。

図星であるため、別に悪いことをしたわけではないが、思わず目を逸《そ》らせてしまった。

俺の頬にミューラー先生の視線が突き刺さる。

しばらくすると、諦めたようにミューラー先生がため息をついた。

「はぁ。別に、意地悪で黙っていたわけじゃありませんよ」

「じゃあ、どうして…………？」

「あなたが、騎士科がいいと言ったんじゃありませんか」

しょうがなさそうに、でもどこか嬉しそうにミューラー先生がそう言った。

「どれだけ周りに弱いと言われようと、どれだけ私に騎士科より魔導士科が向いていると言われようと、騎士科でやりたいことがあるからと科を異動せずに鍛錬を積んできたでしょう。あなたが他の人よりも勝っていることがあるとすれば、他の人よりも年齢が低いこととその気持ちです。何をするにせよ、早い段階で基礎を固めているとそれだけ早く応用に進めますからね。だから、今のうちに、年が若くやる気もあるうちにこちらで基礎を固めておきたかったんですよ」

その言葉に不覚にも涙腺《るいせん》が緩んで、目に涙が溜まる。

あわてて数度瞬きをしてごまかしたけど、いやいや、その言葉は卑怯《ひきょう》でしょう。

だって俺は、絶対に期待されていないと思っていた。

投げかけられる言葉は辛辣な言葉ばかりだったから。

でも、そうじゃなかった。

「魔導士科の先生方って、本当に自分の専門に関しては盲目的と言うか、なんと言うか。周りが見えてないんですよねぇ。話しに行くのは構いませんけど、数週間単位で捕まる可能性を考えると、どうしても担当教師としては送り出したくはないんですよねぇ」

「そういう理由なら、俺も納得できました。せめてもう少し時間に余裕が持てるようになるまでは、やめておきますね」

「そうしなさい。他に質問は？」

「ありません、先生」

「では、また午後の実技の講義で」

そう言うとミューラー先生は軽く手を振って講義室を後にした。


「ん。先生に聞きたいこと聞けたん？」

「ばっちし。なに、ご飯待っててくれたの？」

「もっちろーん！　な、アル！」

「おー」

「そういえばアルトゥール早弁してなかった？　お昼入るの？」

「余裕」

「アルはよーさん食べるよなぁ」

育ち盛りの男が三人。

俺もたいがい食べるほうだと思ってたけど、アルトゥールとシローはそれ以上。

シローは一日三食プラス軽食程度だけど、すべてが大盛りを通り越して山盛り。

その全部が筋肉と縦向き方向の成長に使われている。

身長の高いゴリマッチョ。

胸板も厚ければ腕も太い。

でも身長があるから太って見えないからいいよね。

対してアルトゥールは一回に食べる量は大盛りくらいだけど、なんせ燃費が悪い。

朝食べて、学園に来る前に鍛錬してから二回目の朝食。学園に来たらまず学食で軽く腹に入れてから午前の講義を受けて昼食。午後の講義が始まる前にも軽く腹に入れ、講義を受け終わったら夕ご飯。寮に帰って鍛錬しつつ二度目の夕飯を食べ、風呂《ふろ》に入ったり自由時間を満喫。

空腹で眠れなくなるから軽く飯を食ってから布団に入るそうだ。

一日五回の食事と三回の軽食。

なのに、太らない。ついでに言うと、それだけ食べて運動もしているのに筋肉もあまりつかない。

いや、筋肉はあるんだけど、無駄な筋肉がつかないからいわゆる細マッチョ。

二人ともうらやましい限りである。

俺は体形的には二人を足して二で割った感じだ。

「あんだけ食っても筋肉にならねーんだよ」

「筋肉が付きにくい体質なんだろうね。逆にシローは筋肉だるま」

「筋肉が重くてアルみたいに動けへんねやろーなー。その辺はアルがうらやましーわぁ」

互いに軽口を叩きながら学食へと向かった。


学食は大広間になっている。

その大広間の端から端までの一続きの長テーブルと、背もたれのない長い椅子。

それが六セットほど並んでいる。

某魔法学校の大広間を想像してもらえればわかりやすいと思う。あんな感じだ。

その大広間の四辺に学食が料理の種類ごとに店舗が分かれて並んでいる。

フードコートみたいな感じかな。

各々《おのおの》自分の食べたいものを注文して、トレーで席まで運ぶ。

テーブルも椅子も、一つの長いものをみんなで共有するので、がたがた揺らしたりふざけているとめちゃくちゃ怒られる。

まあ俺はやったことないけど。

結構料理自体は『俺』の世界と変わらない。

もちろん原材料名がこっちの世界基準というような違いはあるけどね。

あと、日本ナイズドされた似非《えせ》世界料理じゃなくて、各国で食べるような本場の料理。

俺は馴染《なじ》みのある日本料理チックな定食を大盛で選んでしまう。

シローは基本的に二～三か国くらいの定食を大盛りでもらってくる。

アルトゥールはその日の気分によって選ぶ国はまちまちだけど、俺と同じく定食は一つ分だ。

そして食器はスプーンにナイフにフォークに箸《はし》。

この辺も『俺』の世界の時とほとんど変わらない。

世界が変わっても人間考えることは一緒なんだなって思ったよねぇ。

「さて、じゃあ話しながら作戦会議としゃれ込みましょうか！」

◆◆◆◆◆

俺がアルトゥールとペアを組んでから、ミューラー先生は初期の一対一の対戦形式に加え、複数人対複数人のチーム戦に積極的に取り組むようになった。

基本的ペアはミューラー先生が決めるが、最後は自由に組んでいいことになるので、俺とアルとシローの三人組と、他のクラスメイトたち。

俺たち三人対いったい何人までのチームになら勝てるのだろうかと、一人ずつ人数を増やしている。

ちなみに今日の午後は俺たち三人に対して相手は六人だ。

「実質シローとアルトゥールで三人ずつ倒してもらわないとだめだからなぁ」

「くそ雑魚が」

「誰の魔法のおかげで前回勝てたと思ってんだコラ」

もはやお約束と言うか、俺とアルトゥールが口論を始めるも、シローも形だけとわかっているので軽く流してくる。

「今までみたいに俺が敵をいなすのもそろそろ無理」

「だろうな、貧弱」

「ライは剣に関してはなぁ……」

「あ、俺のガラスのハートが傷ついた。訴訟」

まあ実際問題その通りなんだけどさ。

三人対六人。倍の人数を相手にするなら、どうすればいい？

戦場は訓練場のだだっ広い空間。

誘い込んで各個撃破はできないなぁ。

「うーん。パーティーを組むならヘイト管理したいんだけどね」

「ヘイト管理？」

通常ＲＰＧにおいて、敵キャラ、モブキャラには恨みゲージ（ヘイト値）がある。

例えば攻撃した時にそれらは溜まり、モブキャラはそのヘイト値の高いプレイヤーを優先的に襲う。

意図的に自分へのヘイト値を上げるスキルや、相手のヘイト値を肩代わりするスキルなど、ヘイトに関しては結構いろんなスキルがあるものだ。

タンク役は進んでヘイトを買っていって、できるだけ他のパーティーメンバーに攻撃が向かないようにする。

逆に他のメンバーはタンクのヘイト値を超えないように気をつける。

意図的に攻撃を集めるから、攻撃の集まっている奴以外は動きやすいという寸法よ。

簡単に言えばそんなところ。

「誰かが相手を挑発する、もしくは一発でかいのを決めて、放《ほう》っておいたら一網打尽《いちもうだじん》にされると思い込ませることで攻撃を集中させられないかなぁーと」

それができたら俺も援護しやすいんだけど。

「アルが相手を煽《あお》りまくったらええんちゃう？」

「ありだなぁ」

アルがヘイトを買って、敵の攻撃を集める。それで、耐久値、ＨＰが高いわけじゃないから回避をしてもらってヘイトを集め続ける。

その隙に俺がシローにバフを付与。

アルトゥールに群がる敵を一網打尽。

これが理想。

「でも絶対何人かはシローとか俺のほうに流れるよなぁ」

「じゃあ、ライのとこに行かへんように俺が第二の防波堤になる？」

「うん。でもそれでも俺のところに流れてきたら？」

アルトゥールは一番多くのヘイトを買ってもらうとして、絶対に魔法を付与する俺を真っ先に倒そうとする奴がいるに違いない。

今までそれで負けてきている分余計にな。

「ボクが倒すよ。絶対先にアルに引き寄せられて気がおろそかになる。その場を叩く」

「それでヘイトがシローに向くようなら、俺様がテメェのところに敵が行かねぇようにぶっ倒す」

「俺はお姫様か何かかな⁇」

やだぁ、タイプの違うイケメン二人に守られるぅ。

解釈違いです、やめろください。


「姫だぁ？　テメェそんな柄じゃねぇだろ」

「そうそう、ライはどっちかって言うと部隊長。毎回ボクらの相手をしてくれる子らになんて呼ばれてるか知らんの？」

くすくす笑いながらシローがぴんと指を立てた
『司令塔』

二本目の指を立てる
『戦場の指揮者』

三本目、

『改竄者《かいざん》』

「あとは脳みそだの、隊長、戦術の要《かなめ》…………」

「あー、そんなんもあったなぁ」

え、何その二つ名。初耳なんだが⁇

「恥ずかしいからやめてほしい」

「なんでだよ。冒険者にとっちゃぁ、二つ名なんざ憧《あこが》れそのものだろうが！　クロヴィスさんの『竜騎士』といい、キュリロスさんの『血濡れの剣帝』といい！　竜騎士と言えばクロヴィスさん、剣帝と言えばキュリロスさん!!　誰もその域に達してねぇからこそ、それが個人をさす代名詞になる!!　冒険者としてこれ以上の名誉はねぇ!!」

興奮気味に話してくれるアルトゥールには申し訳ないが待って？

キュリロス師匠の血濡れの剣帝ってなんぞ？

剣帝。わかる。キュリロス師匠強いもんな。誰もその域に達してないのもわかる。

でも血濡れのってなに？　キュリロス師匠なにしたの？　やんちゃしてたの？

今度帰った時聞いてみよ。

「で、俺が改竄者で指揮者で司令塔？」

「そう。テメェの魔法一つで、戦略一つで戦況が一気に変わる。どれだけ不利だろうが、関係ねぇ。必ず勝ちに導く。チームの脳で司令塔であり、戦況を操り、勝敗さえも覆す」

ずいぶんたいそうな名前が付いたものだ。

いつもいつもぎりぎりでやってるのにこの評価である。

なお剣術の方はお察しの力量しかない。

くそぅ。

「他はどうかは知らねぇが、少なくともクロヴィス先生のところでテメェの効果を体感したことがある奴は絶対にお前の言うことを聞くぞ」

◆◆◆◆◆

俺に改竄者とか指揮者とか厨二《ちゅうに》病チックな二つ名があると発覚した日の午後の講義。

朝は座学だったので、昼からは実技だ。

いつも通り一対一の訓練では相手にぼろ負けし、複数対複数では辛勝もあれど順調に白星を並べる。

で、最後のお楽しみの時間。

俺、シロー、アルトゥール対クラスメイト六人。

みんな俺が魔法で強化することをわかっているから、視線が突き刺さる。

うーん。やっぱり俺の事警戒するよなぁ。

と、言うことはアルトゥールが挑発したところで、ヘイトはあんまり集まらなさそう。

シローとアルトゥールに目配せをし、口を開く。

「いやん、えっちー。俺のことそんな見ないでよ」

相手を馬鹿にするように、俺は自分の体を抱き寄せながらそう言った。

びきりと相手数人の額に青筋が走った。

「俺のことそんな見つめてー。気になるのはわかるけど、俺緊張しちゃーう」

くねくねと体をくねらせれば相手が俺の言うことを気にしないように平常心を取り戻そうとしていることがわかる。

「じゃあ二人とも、俺のこと守ってね？」

「おう」

「はいはーい！」

二人が剣を構えたのを合図に、六人が一斉に俺に向かって走り出してきた。

それに対してシローが大きく剣を振り、一瞬相手が踏み込むのをためらった。

左右から回避しようとする奴らに対しては、アルトゥールが持ち前の反射神経と素早さで牽制《けんせい》。

その間に俺は自分自身に対して素早さバフをがん積みにする。

「じゃ、戦況を変えていこうか」

シローとアルトゥールが剣を振るう場所から離れるために、俺は一気に駆け出す。

素早さの上がった俺の急な動きに反応できず、相手に少しの隙ができた。

その隙にアルトゥールに数秒しか効果はないけど攻撃力そこそこアップのバフをかける。

突如打撃が強くなったアルトゥールに対応しきれずに、一人が剣を飛ばされた。

残り五人

急遽一人がアルトゥールの相手をするためにそちらに流れたが、やはり俺を倒すことを相手は優先しているようだ。

シローとアルトゥールの相手をする二人以外の三名が俺を追いかける。

しかし、早々に一人やられたことは想定していなかったのか、初動が少しもたついた。

一秒あれば効果時間は短くとも仲間にバフはかけられる。

シローに素早さバフ。

シローは自分の相手の攻撃をいなし、そのまま俺を追いかける敵の、最後尾の奴に対して剣を振り下ろす。

対して剣を振り下ろされたほうは、とっさに反応はしたものの後ろからの不意打ち。

ろくな対処ができずにシロー持ち前の馬鹿力で剣をその場に取り落とした。

素早さバフの切れないうちに、シローは自分を追いかけてきた敵の攻撃を素早く受けた。

残り四人

そろそろ自分にかけた素早さバフの効果が切れる頃合《ころあ》いだ。

切れる前に踵を返し、シローとアルトゥールの間を通り抜ける。

自分の仲間の邪魔にならないように、かつシローとアルトゥールに攻撃されないように。

そう考えて俺の後を追って二人の間を通り抜けようとすると、やはり気は散漫になるようで。

あと数秒。素早さの落ちないうちに、相手の反応できない速度で振り返り下から上へと剣を打ち上げる。

周囲を確認することに気を遣っていたせいもあり、剣を飛ばすことこそできなかったが大きく体勢を崩させた。

反撃されないうちに、自分に効果時間は短いがそこそこ攻撃力の上がるバフをかけて、敵の剣を横から思いっきり叩き飛ばした。

残り三人

シローの相手と、アルトゥールの相手。それから俺を追う最後の一人。

でも、俺がアルトゥールとシローの間合いの間を通って、なおかつそこで一人敵を戦闘不能にしたことによりそいつは足を止めざるを得なかった。

まっすぐ進もうとすれば、今戦闘不能になった仲間が邪魔。

迂回《うかい》しようにも、そのためにはアルトゥールとシローという手練《てだ》れの間合いに入る必要があるので躊躇《ちゅうちょ》する。

どこから攻めるべきか、考えるために隙が生まれ、数秒あれば魔法でバフはかけられる。

「チェックメイト」

シローは力を、アルトゥールは素早さを強化する。

ただでさえ押されていた各々の相手は、強化された二人に勝てずに剣を取り落とし。

シローとアルトゥールはそのまま最後の一人。俺を追っていた奴に剣を突きつけた。

「残念今回も俺たちの勝ち」

「そう簡単に、俺様たちのアタマがとれると思うなよ」

「悪いけど、まだまだ負ける気あらへんよ?」


多人数対少数の友好的な戦法は、狭い通路に誘い込むこと。

まさに最後俺が狙ってやったことだ。

シローとアルトゥールの実力を知るものであればあるほど、二人の間合いに入ることを嫌う。

だって数人がかりで叩きに行かないと、かなりきついもの。

俺を追っているのであれば余計に。

二人のどちらかの間合いに入り攻撃を受け、それを受け止めてしまえば俺に魔法を撃つチャンスを与えることになる。

ならば、必ず追手は二人の間合いを避ける。

だから、事前に二人の間合いと間合いの間に隙間《すきま》を作ってもらっていた。

間合いに踏み込まないように、一人ずつその隙間を通って俺を追いかけたら二対一があっという間に一対一。

その瞬間を逃さず、きちんと一人の剣を弾き飛ばせたのは俺が少しずつでも成長している証拠《しょうこ》だろう。

「俺の実力、試合への影響力を知っていれば知っているほど、俺のことを無視できなくなる」

だから試合前にわざとむかつく言い回しで興味を惹《ひ》いておいた。

できるだけ俺を追わせて、シローとアルには一対一でここぞという時にとどめを刺す余力を残してもらいたかったのだ。

俺が誘導をし、とどめを刺してもらう。

ついでに二人の強さと存在感が俺を守る作戦の要になり、守られた俺が勝つための補佐をする。

『戦況の改竄者』

悪くない異名なんじゃない？

◆◆◆◆◆

「そういえば、ライの使っとる魔法って長い詠唱ないよな」

「そりゃ実戦で使えるかどうかで使ってるからなー。使う魔力量で効果時間と効果を調整できてるから別に困ってないし」

「確かに、魔法の詠唱を省略することで、対戦相手に手の内を明かさないという利点もありますしねぇ」

「ミューラー先生！」

俺とシローの後ろからひょっこりとミューラー先生が顔を出し、そう言った。

「ですが、その分仲間に対しても実際に効果がかかるまでどういう効果の魔法が来るのかわからないというデメリットもありますねぇ」

確かに、早く撃てることを優先してたし、シローもアルトゥールも問題なく戦っていたからそこまで考えが及ばなかった。

「確かに、テメエが次にかけてくる魔法の効果がわかりゃぁもう少し動きも変わるかもなぁ」

「せやなぁ。今までは普通に戦っとって、気づいたら動きがはよなったり、いつもより相手の武器が簡単に弾け飛ばせたりしとったけど、もとから力が強くなるならそれを活かした戦いができるかもなぁ」

シローもアルトゥールも今まで魔法での強化がなくて当たり前。

一方『俺』はボイスチャットでもない限りＲＰＧでいちいちパーティーメンバーにこのバフかけるよ！　なんて宣言してなかったからなぁ。

「うん、でもそうかぁ。わかったほうがいいなら、適当に呪文《じゅもん》をつけるかぁ」

何度も言うようだが、この世界では魔導士と騎士が共闘することはない。

なので、バフをかけたい場合は自分で自分にかけることが主流だ。

だから、身体強化系の魔法には呪文がないことのほうが多い。

「考えるのであれば、魔導士科の教師と一度話したほうがいいでしょうねぇ」

前回長期間捕まるから魔導士科の教師と話をするのはもう少し先にしたほうがいいと言ったような話をしていたので、ミューラー先生の言葉に少し驚いてしまった。

「まぁ、魔導士は呪文に魔法発動の条件やらなんやらを組み込んでいると聞きますしねぇ。下手《へた》に素人が手を出すものではないんですよ。もちろん、私も一緒に話は聞きに行くのが条件ですけどね」

魔導士科は専攻魔術によって教師が違ってたなぁ。

ならば、一体こういう身体強化系の呪文について話すのは誰がいいんだろう。

「ふむ。私も魔導士科の教師陣に詳しいわけではありませんが。一番いいのはベルトランド教授に聞くのがいいとは思うんですけどねぇ……」

「ベルトランド先生に、ですか？」

「ええ。確かあのお方の専攻は魔法論理学だったはずです」

「論理学？　ですか………」

論理学かぁ。

そういえば、学園に入る前。王宮でベルトランド兄様に魔法を教えてもらっていた時は、魔法の成り立ちやら魔法を使う魔方陣の意味を教えてもらってたな。

その辺のことを詳しくやる学問なのかな？

「でも、ベルトランド先生とすぐにお話できるんでしょうか？」

俺としては、話しやすいしベルトランド兄様と話せると嬉しいんだけど。

「それは大丈夫だと思いますよ。だって、あなたと話がしたいと言ってこられた魔導士科の教師筆頭があのお方なので」

「え!?　そ、そうなんです、か」

「ええ。まぁ、君が乗り気なのであれば、私から詳しい日時に関してベルトランド教授とお話させてもらいますね」

では、と言ってミューラー先生は俺たちと戦っていた相手チームに声をかけに行った。

「ほんなら俺たちはそれぞれ強化してもろた時の戦い方でも考えよか」

「おう。とりあえず、今日の講義はこんなもんだろ。シロー、行くぞ。ライはどうする？」

手に持っていた剣を担ぎ直したアルトゥールにそう聞かれた。

シローとアルトゥールとその辺りの魔法のすり合わせをしておきたい気持ちは山ほどある。

「いや。俺は俺で他に実戦で使える魔法がないか考えてくる。使えそうだと思ったらまた言うから」

俺のその言葉に、シローもアルトゥールも楽しそうな笑みを浮かべ、訓練場の真ん中へと駆け出した。

この辺りが俺との違いだろうなぁ。

確かに剣を振ることは楽しいけど、同じだけ魔法のことを考えるのも面白いもの。

◆◆◆◆◆

「お、オリバー！　久しぶり！」

「ん？　あぁ、ライ。最近図書館でも寮でも会わなかったから久しぶりだな」

「ずっと共同研究？」

「そうだ。まぁ、自分自身のためにもなるし、面白い分野だから忙しいこと以外には特に文句はないんだけどね」

前回会った時よりもどこかやつれた様子のオリバーを心配しつつ、彼の隣に座る。

「今日はライは何を読みに来たんだ？」

「今、騎士科でも身体強化の魔法をかける役と実際に戦う役を分けて、と言っても主に俺と友人だけなんだけど、そういう戦い方をしてて。それで、身体強化以外の魔法を使えないかなって思って」

「なるほど…………この間言ってたやつか。あれから、僕も騎士科の阿呆《あほう》どもをうまく使えないかと思っていくつか魔法を考えていたんだ」

そう言ってオリバーがカバンから一冊のノートを取り出し見せてくれる。

「身体強化、攻撃力や素早さを上げる魔法はもう使ってるならあとはこの辺りかな」

何ページかめくってからオリバーがトンっと指でノートを指し示す。

「肉体の硬化、剣に属性付与、相手を盲目にする魔法に、…………ってこれすごいな!?」

今までなぜこれを思いつかなかったのかと言いたくなるほど多種多様《たしゅたよう》な連携用の魔法が書かれていた。

「はは……っ。いやぁ、今までにない分野だったから楽しくてつい、ね。でも、これで今この分野においての第一人者は僕とライってことになる。なんと言うか、わくわくしないか!?」

そう言ったオリバーの目はキラキラと輝いていた。

「正直、僕が試したい気持ちはある。けど、僕にはこれを実戦で試してくれる騎士の友人がいないし、いたとしてもうまくできる自信がない。だから、君に託そうとおも、う」

どこかさみしそうな、残念そうな目でノートを見つめ、書かれた文字を愛《いと》おしそうに指で撫《な》でるオリバーの腕を、気づけば掴んでいた。

ああ、いつかベルトランド兄様が言っていた言葉の意味がわかった。

「俺を、見くびらないでくれる？」

思った以上に低い声が出た。

それにびくりとオリバーが体を跳ねさせた。

「友達の研究を自分のものにするほど、落ちぶれてないんだけど」

「そ、うか。すまない……そんなつもりはなかったんだ」

もちろんオリバーはそんなつもりで言ったんじゃないってわかってる。

でも、今自分でこの分野の第一人者になるって言ったんなら、それを俺に託すなよ。

「それに、騎士の友人ならいるじゃん。ここに」

もう一つ俺が怒ってるところは、そこ。

オリバーの腕を掴んだまま、逆の手で俺自身を指さす。

「俺も、騎士のはしくれなんだけど」

一瞬呆気《あっけ》にとられたような表情をしたオリバーが、ふっと表情を緩め笑みを零した。

「ふふ。確かにそうだな。じゃあ、今度この魔法を試させてくれるかい？」

「最初からそう言えよ、頭でっかち」

第八話

『身の振り方どうしよう？』

I was born as the seventh prince, what should I do?

ここにきて、騎士科と魔導士科の混合チーム作りも、骨董《こっとう》品屋ジューノのことも少しずつ進展し始めた。

あと問題があるとするならば。

「これ、だよなぁ」

【愛《いと》おしき　我らの賢者　ライ様へ】

ホフレからの手紙。

依然として内容の八割から九割は俺《おれ》に対する会えなくてさみしいとか、お姿を拝見したいだとかいう内容だが、問題は残りの一割から二割。

どうやら、俺派を名乗る貴族はもとから何人かいたらしい。

そいつたちはマヤ派、母上の派閥を隠れ蓑《みの》にしていたらしい。

それが母上と父上の仲が改善され、母上が俺を担ぎ上げなくなった。

それにより勢いを失ったマヤ派の貴族たちを少しずつ自分たちの派閥に加えていったそうだ。

だが、俺がまだ王宮にいたし、俺の周りはキュリロス師匠とバルツァー将軍が睨《にら》みを利かせていたため俺に近づけなかった。だから、表面化しなかった。

それが、俺が王宮から消えた。

頭に置く俺がいないから、俺派の貴族としてはやりたい放題。

何を言っても、肝心の本人がいないから真偽は確かめられない。

非常に面倒だ。

思わず頭を抱えたくなる。

次の長期休暇に入ったら、俺は一度王宮に帰るつもりだ。

ジュリアの店のこともあるから、そう長く王宮に滞在するつもりはないが、その時に自分の目で一度確認する必要があるな。

非常に、面倒臭い。

でも何とかしないとだめだよなぁ。

で、もう一つ対応しないといけない問題が。

【それから、あなた様のご母堂から、恐れ多くも手紙を預からせていただいておりますので同封いたします】

母上からの手紙の中身は、俺の身を心配する言葉。それから、俺の許嫁《いいなずけ》にこの子はどうかという釣り書き。

ほとんどが母上の出身でもあるオストの貴族の娘さんだ。

【バルツァーのものが、娘の手紙にあなた様からの返事がないとかで騒いでおりました】

レアンドラ嬢からの手紙。おそらく、レアンドラ嬢からバルツァー将軍へ、そして将軍から王宮の配達人へ。

王宮の配達人からは父上から送られた学園都市内にある王宮所有の別宅に届いてるんだろうなぁ。

でも、俺そっちの家使ってないからなぁ。

今無人なんだよなぁ。

そうか、俺の知り合いって少ないから、そっちに手紙が届く可能性を考えていなかった。

レアンドラ嬢からの手紙だから、というわけではなく、女性からの手紙を無視するのは紳士としてだめでしょう。

少なくとも俺の心の師匠、キュリロス師匠はそんなことしない。

近いうちに、と言うか、今度の休みに一度訪れてみよう。

さて、なんと書かれた手紙かはわからないが、たぶん何通も無視してるよね。

「なんて返事しよう」

俺は頭を抱えてうなることになった。

週末が憂鬱《ゆううつ》だ!!

◆◆◆◆◆

まあ、とりあえず手紙のことは置いておいて、俺は次の日もヴォリアさんと話をするために店に顔を出す。

「こんにちはー。ヴォリアさんいますか？」

「こちらです」

ひょこりと店の奥から顔を出したヴォリアさん。

今日の業務内容のメインがヴォリアさんと仕入れに関して話をすることなので、そのまま店の奥のスペースに進む。

すると昨日までなかった小さなテーブルと椅子《いす》が店の奥、居住スペースに上がるまでの空間にあった。

「休憩できる場所がないのは、少々不便かと……」

今まで気にしてなかったけど、なるほど。

バックヤードにそりゃ座れるスペースがあったほうがいいよね。

「どうぞ？」

「あ、どうも」

腰かけると、早速本題に入った。

内容としては、この店の仕入れの品質の話。

ジュリアが何もわからずに仕入れた商品に俺が値段をつけてたから、その話がメイン。

まあ昨日のやり取りの延長線上のようなもので、すぐに話自体は終わる。

しかし、話が終わってもヴォリアさんは席を立たない。

ヴォリアさんが席を立たないから、俺も席を立ちにくい。

「あの？」

「…………昨日話していた、ジテンシャ？　の話だが、知り合いの技術職に話したら、非常に興味が湧《わ》いたそうだ」

まさか、昨日の今日で話を通してくれているとは思わなかった。

「あなたの話を聞いて、正直イメージが浮かばない。そんなものを商品として取り入れようとして商品開発に踏み切る商人はいません」

そりゃそうだろうな。

俺でもそうだ。売れるイメージがないのに商品を作るほど暇じゃないって思うだろうな。

「ですが、私の信用する技術者が面白いと言う。のであれば、商品にする価値はある、と。私は思う」

そこで一度言葉を切ったヴォリアさんが、俺の目をまっすぐ見つめてくる。

「あなた、オッキデンスに行く気はないですか？」

「は……？　オッキデンス、ですか？」

「ええ。私の知り合いが、直接話をしたい、と」

そう、言われても。

明日、明後日で急に行けるわけでもないし、今のところ行く予定もない。

「もちろん、今すぐにというわけではないですが。考えておいてください」


その日ヴォリアさんと話したのはそれだけ。

それ以降はジュリアとジネブラさんと今後の営業に関して話をしていた。

俺はその間店番。と言っても人があまり来ないので店内に立ってるだけだけど!!

もうほとんど、この店で俺にできることはないなぁ。

ジュリアの伯父《おじ》さんが連れてきたヴォリアさんなら信用できるし、俺と違って専門家だし。

別のバイトを探したほうがいいかもなぁ。

そんなことを考えていたら、ジュリアに声をかけられた。

「あの、ライさん。久しぶりに一緒にご飯食べませんか？」

初めて会った時と同じ、満開の花のような笑顔。

「………………もちろん」

この笑顔も、もう見られないかもしれない。

◆◆◆◆◆

「ここ、私のおすすめのお店です！　って、前にも紹介しましたね」

少し照れ臭そうにそう言ったジュリアに俺もふっと笑った。

しばらく他愛《たわい》もない話をして、それからふと会話が止まり沈黙が訪れる。

「あのね、私、ライさんには本当に感謝しているの」

ジュリアが急にそう零《こぼ》した。

「ライさんがいなかったら、伯父さんも言ってたけど、私とおばあちゃんはきっと借金にまみれて伯父さんの言った通りのことになったんだと思う」

「うん」

「おばあちゃんもね！　ライさんが初めて来て、店の、パパがいた時と、いなくなってからの商品をぴったり当てられて、すごく動揺したんだって。自分じゃ、パパの代わりはできないどころか、パパの遺《のこ》したものも守れないって」

そう言えば、俺が初めて指摘した時に涙を流していたな、と初めて会った時のことを思い出す。

「ライさんが来てくれてから、今まで反対ばっかりだった伯父さんも手伝ってくれて、ヴォリアさんも来てくださって。本当に感謝してるんです。ありがとうございます！」

純度一〇〇％の好意を向けられて少したじろぐ。

やめてくれ。俺は別に、純粋な善意で助けたわけじゃない。

いや、よこしまな考えがあったわけじゃないけど、自分のためっていう思いが強かったし。

素直にその感謝の言葉を受け取れない自分がいる。

何とも言えない表情をしている俺を見て、ジュリアはその花のような笑顔をくしゃりとゆがめた。

「………やっぱり、ライさんも気づいてます、よね……」

何に??

突如目に涙を溜《た》め始めたジュリアに、俺は内心きょとんだ。

でも、ジュリアはそんな俺に気づいていないのかそのまま話し出す。

「今日、ヴォリアさんに言われたんです。ライさんは、正式に鑑定できる人が来たら……っ」

ついにぽろぽろと零れ始めた涙に、俺は内心やっぱりか、という気持ちだ。

ヴォリアさんが俺を見る時の品定め感。それが昨日と今日。今日の最後には完全に切り捨てる時の顔してたもんな。

「やっぱりなぁ。そうかなーとは思ってた。タイミングは聞いてる?」

「いえ………、ただ、できるだけ早くちゃんとした人を見つけるって。ライさんだって、ちゃんとしてるのにっ!」

憤ってくれるジュリアにはありがたいが、そこはどうしようもない。

「俺はしょせん素人《しろうと》だからなぁ」

そう言いつつ、ポケットのハンカチをジュリアに渡した。

「まぁ、わかってたことだし、バイトに関しては他《ほか》を探すよ。ジュゼッペオーナー辺りが店を紹介してくれないかなー」

と、俺としてはあまり気にしてないんだけど、ジュリアは俺以上に気にしているらしい。

「あの、もしも、お仕事を辞めたとしても、こうやってたまに会っていただけませんか!?」

予想していなかったその言葉に俺は一瞬言葉を失う。

でも、そんな俺の反応に顔をうつむかせ、悲壮感を漂わせるジュリアに、慌てて俺は返事をする。

「も、もちろん！　俺でよければ。って言うか、なんで俺？」

素朴な疑問だ。

正直ジュリアと出会って、あの店で働きだしてからそんなに時間は経《た》ってないぞ。

「あの時、私本当に辛《つら》かったんです。誰《だれ》からもそっぽを向かれて、今まで私たちに優しかった仕入れ先の商人さんも、だんだん足元を見るようになってきて。真剣に、何とかするために私たちをまっすぐ見てくれた人って、ライさんだけだったんです」

そりゃ、そうだろうなとは思うが。まぁ、俺の存在がその時のジュリアとジネブラさんの心の支えになったのかな……？

「うん。別に、そういう理由なら。ただ、変に恩人感出さないでね？　俺は、ジュリアとジネブラさんとはそんな風に話したくはないから」

ピッと小指を立てて、差しだす。

もちろん指切りげんまんなんて文化はないからジュリアは俺の顔と小指の間で視線を往復させてい

る。

「やくそく。小指を絡めて？」

「は、はい……っ！」

恐る恐るジュリアが差し出した小指に、俺の小指を絡めてきゅっと力を入れて上下に振る
「約束。ね？」

「はい！　約束です!!」

◆◆◆◆◆

さて、実際に辞めさせられるのはもう少し先にはなるだろう。

辞めても俺はありがたいことに王宮からの仕送りがあるからしばらくは働かなくても金銭面では大丈夫。

それよりも、直近の問題は。

「キュリロス師匠!!　お久ぶりです！」

「ライモンド殿下！　お久しぶりでございます。久しくお会いしておりませんでしたが、少し身長が伸びましたな？」

今日は第七王子として、学園都市内の王家の屋敷に向かうので、王子様スタイルだ。

髪色は黒に戻し、オールバックにして目を出している。

服装も平民としていつも着ている服よりも幾分か華美だ。

もっとも、服の質自体は比べ物にならないくらいいいが。

「それにしても、ホフレ殿からライモンド殿下の護衛のお話を聞いた時は驚きましたぞ。あなた様は、もう学園を卒業されるまで戻ってこられないものとばかり」

言葉とともに、へにょりと耳をたたんだキュリロス師匠。

イケオジのしょんぼりした表情ってどうしてこんなに萌《も》えるんでしょうね!?

「戻りますよ。だって、キュリロス師匠は俺の懐刀ですから。何かあった時に側《そば》にいないと意味ないでしょう?」

「で、あるならば。私のことも学園へとお連れしてくだされればよいではありませんか」

「だめですよ。有名人でしょう? 『血濡《ぬ》れの剣帝』さん」

冗談半分でそう呼んでみれば、いつもパーフェクトなキュリロス師匠が何もない地面で躓《つまず》き、体勢を崩した。

珍しいこともあるものだとキュリロス師匠のほうを見れば、今まで見たこともないほど顔を赤らめていた。

「どちらで、いえ。ライモンド殿下は騎士科でしたね。そちらで聞いたのでしょう。しかし、いや。忘れてくだされ。あのころの私は若かったのです」

姿勢を正してから、恥ずかしそうに手で赤く染まった顔を隠してしまった。

しかし、すぐに俺に対して無礼だと思ったのかその手を下ろした。

「とりあえず、どうして血濡れなのか教えてほしいです」

でも、ゴメンなさい!! 俺の！ 探求心が！ 止まらない!!

「ぐっ……。そ、れは。もともと、剣帝と呼ばれる冒険者が他におりまして。彼は私がS級になってすぐに引退されたのですが、その時の呼び分けの名残《なごり》と、前剣帝を知るものからそう呼ばれ続け、はい……今に至ります」

「………いっぱい魔物を倒したから？ その魔物の血に濡れてたから？」

「うぐっ。と、当時は。その、荒れていたと言いますか。魔物の血を洗い流す手間も惜しく、冒険者ギルドに出入りしていた故……っ」

なるほどいわゆる黒歴史か。

王子である俺の質問に答えないなんていう選択肢はキュリロス師匠にないから、黒歴史であっても語らないとだめだなんて。

なんか、ごめんなさい。

申し訳ない気持ちでいっぱいになる。


それ以降はかわいそうなので俺が話題に出さなかったため、徐々に顔の赤みも引いてきた。

「それはそうと、何も徒歩で移動せずともよろしかったのでは？」

王家の別宅へと移動中。初めはキュリロス師匠が馬車を用意してくれていたのだが、まだ学園都市内の地理を把握できていないので、歩きで行きたいとお願いしたのだ。

しばらく俺と話をしながら歩いていたキュリロス師匠だが、しばらくじっと俺の身体《からだ》を見て、それから嬉《うれ》しそうに表情を緩めた。

「？　キュリロス師匠？　どうしました？」

「ああ、いえ。不躾《ぶしつけ》でしたな」

「いえ、それは別に気になりませんでしたが、どうかしましたか？」

別に不快にはならないけど、純粋に気になる。

「学園に入られてから、身長が伸びたのと同時に少し筋肉も付きましたな。王族であるあなた様にこう言っては失礼に当たるやもしれませぬが……。弟子の成長というものは存外嬉しいものだなぁ、と。そう思いまして」

再び照れたようにはにかむキュリロス師匠にノックアウトされた。

いや、これは卑怯《ひきょう》だわ。

俺の師匠が尊い!!


そうこうしているうちに周りの家の大きさが尋常じゃなく大きくなりだした。

多分、貴族の邸宅の立ち並ぶ区画に入ったんだろう。

「あぁ、あちらですよ」

キュリロス師匠が指し示した場所にある邸宅を見て、俺はやはりかと言葉を失う。

まあ、当たり前だけどでかいよねぇ。

昔ベルトランド兄様と一緒に行った北の庭園の兄様曰《いわ》く『小屋』は、本当に『小屋』だったんだなぁと思うレベルで大きいお屋敷だ。

「さすがに勉強しに行くのに、この屋敷に住もうとは思わないなぁ」

「ライモンド殿下でしたら、でしょうなぁ」

ハハッと乾いた笑いを漏らしたキュリロス師匠が先導して門を開けてくれる。

と言うか、ここから学園まで歩いて通おうと思ったら一時間以上かかるんだが⁇

「貴族は毎日この道のりを馬車で移動しているの？」

「それに加え、貴族は一部学問を免除されますので。各々《おのおの》家で学んでいるだろうという配慮と、それから通常冒険者になろうとするものはおりませんので」

なるほど。だから俺はこれっぽっちも王族だと思われていないのか。

髪色と目の色を隠したこと以外はほとんどそのまんまの俺なんだけど。

「じゃあ、レアンドラ嬢と会わなかったのもそれが理由か」

「おそらく。バルツァー殿のご令嬢であれば、騎士科であっても貴族コースに進まれていらっしゃるはずですから」

「え⁉　レアンドラ嬢騎士科なんですか⁉」

まさかの言葉に俺は思わず声を上げた。

今俺の所属している騎士科のクラスには、女性はいないからなぁ。

でもそうだよなぁ。女性でも剣を振るってもおかしくないよなぁ。

レアンドラ嬢、どんな戦い方をするんだろう。

「女騎士って響きがもういいよね」

「……世には、それを嫌がる男もいるのですが。もっとも、私は女性が一番輝いていられるのであれば、それでいいと思うのですが」

さすがキュリロス師匠。

学園に入ってから、と言うかマリアがキュリロス師匠と結婚してから会う機会が減ったけど、マリアが幸せに暮らせているのであればそれに越したことはない。

ゼノンとネストルにもまた会いたいな。

あの日マリアに抱えられていた赤ちゃんも、そろそろ大きくなって人を認識できる年ごろだろう。

「あー！　そんな話をしてたらマリアたちに会いたくなった！　今度の休みに遊びに行ってもいい？」

「おや、学園に行かれている間は控えるのでは？」

「マリア不足で俺が死んじゃう」

いまだに俺はマリアコンだ。

俺としては年の離れたお姉ちゃん感覚。

久しぶりに会いたくもなるし、幸せにしてるかどうかが気になる。

もっとも、相手がキュリロス師匠なので、その辺は心配してないけど。

「ライモンド殿下がいらっしゃれば、ゼノンもネストルも、それにマリアも喜びます」

「キュリロス師匠は？」

「無論。ライモンド殿下のお側にいられるなら」

本当この笑顔プライスレス。


屋敷に入ると、中は意外と綺麗《きれい》だった。

少なくとも俺は一度も来ていないのだが、埃《ほこり》一つない。

「使用人によって、毎日掃除はされていますので」

疑問に思っていた俺の表情に気づいたのか、キュリロス師匠がそう教えてくれた。

「おそらく手紙類はまとめて執務室に置いてあるかと思いますが、見に行かれますか？」

「はい、そのために来たので」

キュリロス師匠のエスコートの元、執務室に入ると手紙が大量に机の上に置かれていた。

「お、おおう。やっぱり溜まってるよなぁ」

とにもかくにも一度読んでみようと椅子に近寄るとキュリロス師匠がすぐに椅子を引いてくれる。

素直にそれに座って手紙を読む。

内訳は正直話したこともない貴族からが七割。

バルツァー将軍からが一割、レアンドラ嬢からも一割、残りは王宮にいた時に世話になった商人の皆さんからのダイレクトメールだ。

とりあえず有象無象《うぞうむぞう》の貴族からの手紙は無視をする。

まずはバルツァー将軍からの手紙。

要約すると、学園生活はどうですか、とか。お茶会に来てほしいとか、この貴族には気をつけてとか、あれ？

ホフレよりもよっぽどちゃんとした情報書いてない？

そして、後半になればなるほど、娘に返事をいただけませんか？　という親としてのお願いが書かれていた。

そのままレアンドラ嬢からの手紙を開く。

こちらも、最初は学園生活はどうかという内容から始まり、学園でよければお茶会をしないかというお誘い。

あの日パーティの場で会うのを楽しみにしているとおっしゃったのに。といったような軽い恨み言。ものすごく申し訳なくなってくる。

そして最後の手紙。

迷惑だったのであれば、もう送らない。踏ん切りがつかず送り続けてごめんなさい。といったような内容だった。

本当なら、このまま俺の側から離れていってもらったほうがいい。

俺の中には『俺』というおっさんがいるわけだし。

マヤ派、というか最近は俺派か。とカリーナ派のいざこざとかあるから。

でも、このまま疎遠になるのはちょっと、あまりにも申し訳が立たなすぎる。

しばらく悩んで、悩みに悩んで、それからペンを執った。

まずは手紙を返せなかったことに対する謝罪。

それから、行けなかったがお茶会に誘ってくれてありがとうという内容。

今はこちらの屋敷とは別の家に、諸事情で隠れ住んでいる。

だから、手紙を送る場合はバルツァー将軍から、ホフレ・カッシネッリを通して送ってほしいという内容。

時間はかかるが、できるだけ手紙は返したい。

そんなことを書き綴《つづ》って、一息つく。

ぐっと椅子に座ったまま伸びをすると、丁度そのタイミングでこんこんっとノックの音が鳴り響いた。

「ライモンド殿下、そろそろ休憩をなさってはいかがですか?」

手には湯気の立ち上る紅茶を持っている。

「うん。今ちょうどひと段落ついたところ」

バルツァー将軍にも似たような手紙を書くとして、他の貴族への返事はどうしよう。

市井《しせい》に紛れていると返事を出せば絶対に何か余計なことをされそう。

俺を探すとか、パトロンになるよとか。

そっちへの返事は保留かなぁ。

掴《つか》んでいた諸貴族からの手紙をばさりと箱の中に投げる。

「そちらは？」

「名前と顔の一致しない貴族からの手紙」

王族としてそれはいかがなものかと思うのだがスーパー引きこもりをしていた弊害がここで……。

「とりあえずレアンドラ嬢とバルツァー将軍にだけ返事を書きますね」

「おや、今までバルツァー殿とはあまり懇意になりすぎないように気を遣っていらっしゃったのに、そのお二方に渡す分だけでよろしいので？」

「うん。最近俺派の貴族がいるってホフレに聞いたから。俺派を名乗る貴族のいいようにはさせないでねってホフレにお願いはしてるから、俺はカリーナ派のバルツァー将軍と手紙で駆け引きかなぁ」

正直、そろそろバルツァー将軍も俺の見た目で油断してくれなくなってるだろうし、あんまり駆け引きとかしたくないんだけどなぁ。

この面倒臭ささえなければもう少し交流したいんだけどなぁ。


「さて、と。もうそろそろ帰ろうか」

「おや、もうよろしいので？」

「うん。手紙は書き終えたし、手紙を返さない貴族の手紙の処理に関してはホフレに一任しようかなって」

秘技丸投げ。

ホフレなら俺のお願いごとを嬉々《きき》としてやってくれるに違いない。

いや、まじでやってくれそう。

そう考えると、そろそろ一度会っておきたいな。

「キュリロス師匠。ホフレに、俺が一度俺派の貴族とかの話もあるから会いたがっているって伝えておいていただけませんか？　詳しい時期についてはまた手紙でお伝えしますって」

「もちろんでございます。バルツァー殿とレアンドラ様へのお手紙もお預かりいたしましょうか？」

「じゃあ、お願いします」

キュリロス師匠に二人への手紙を手渡して、屋敷を後にする。

帰りはこちらに来た時よりも目立ちたくないので、やはり歩いて帰る。

キュリロス師匠はしょうがなさそうに笑って、俺らしいと言ってくれた。

「目立ちたくないのは本当だけど、それ以上にキュリロス師匠とこうやって一緒に話して歩けるのが嬉しいので」

「そういう…………っ、ところも変わっておりませんなぁ」

ふっと表情を緩めたキュリロス師匠と談笑しながら道を歩いていると、俺たちの横を通りすぎる馬車が一つ。

ふとそちらに視線を投げかければ、窓から見える珊瑚《さんご》色の豊かな髪。

バチリといつか王宮で見た空色の瞳《ひとみ》と目が合った。

こちらを見て次第に見開かれる目からぽろりと青い宝石の用な目が零れ落ちそうだ。

俺の視線に気がついたキュリロス師匠も、今しがた通りすぎた馬車に目を向ける。

「あれは……、バルツァー家の家紋ですね」

「うん。レアンドラ嬢が乗ってた」

足を止めてしばらく馬車を見ていると、いくらか走ったところで馬車が停《と》まった。

「バルツァー家の屋敷はもう少し行ったところのはずですが………」

怪訝《けげん》そうにそうつぶやいたキュリロス師匠。

しばらくすると馬車の扉が開き、中から珊瑚色の髪の女性が降りてきた。

それは今まさに話していたレアンドラ嬢で、彼女は馬車を降りるとそのままこちらに急ぎ足で向かってくる。

彼女の履いている靴は高いヒールで、ここは石畳。

ほんの少し嫌な予感がし、自分自身に素早さバフをかけて走り出す。


「あっ」


案の定、数歩走ったところで彼女は躓いた。

すぐに脚に力を込め、なんとか彼女が地面にダイブするのを防いだ。

「セーフッ！」

ただ、かなりギリギリで滑り込むように受け止めたせいで俺が膝《ひざ》をつくような形になってしまった。

「大丈夫？　もうちょっとかっこよく助けられたら良かったんだけど」

俺の肩に顔を埋めるような形になっていたレアンドラ嬢がゆっくりその顔を上げ、俺を視界に映す。

初めは何が起こったのかわからずポカンとしていたレアンドラ嬢が、徐々に状況を理解し始めたのかその顔を赤くしたり青くしたりと忙しそうだ。

「も、申し訳ございませんわ！　ラ、ライモンド様に膝をつかせてしまうなど……っ」

まずは結果として俺に膝をつかせてしまったことに対する謝罪。

慌てて立とうとするから、自分で自分のスカートの裾《すそ》を踏んでしまってうまく立ち上がれない。

それが余計に焦りを助長させてしまいうまく動けない。

顔は青を通り越してもはや青白い。

俺は別段気にしてはいないのだけれど、そんな状態のレアンドラ嬢を放《ほう》ってはおけない。

グッと俺側に彼女の身体を引き寄せ、彼女の膝裏に自分の腕を通す。

「レアンドラ嬢、掴まって」

抱っこの要領でそのまま立ち上がり、レアンドラ嬢が裾を踏まないようにゆっくりと足を地面に下ろしてやった。

ツイっと視線をキュリロス師匠に投げかけると、心得た。と一つ頷《うなず》いて音もなく静かに走り去る。

さすがはキュリロス師匠！

キュリロス師匠からレアンドラ嬢へと視線を戻してきちんと立ったことを確認し、抱き寄せていた身体を離す。と、顔を真っ赤にしたレアンドラ嬢の完成だ。

「あ、ありがとう、ございます」

「女性にいつまでも膝《ひざ》をつかせておくのは趣味じゃないので。急ぐ原因になった俺が言うのも何だけど、大丈夫？　怪我《けが》はない？」

「だ、大丈夫ですわ！　わたくしが勝手に躓いただけですもの、ライモンド様のせいだなんて、そんな……っ」

そうは言うものの、レアンドラ嬢が走った理由は十中八九《じっちゅうはっく》、俺が手紙を返さなかったからだろう。

「本来であれば、バルツァー家の令嬢であるあなたとこんな場所で立ち話をするなんて失礼に当たるんでしょうが、生憎今《あいにく》は馬車がなくすぐ屋敷にお迎えすることもできず。申し訳ない」

「そんな！　わたくしの方こそ、はしたなくライモンド様を呼び止めてしまい申し訳ございませんわ」

恥じ入るように視線を地面に落としたレアンドラ嬢の顔の前に指を一本立てる。

下を向いていた彼女の顔が、一体何かと俺の方を向く。

「女性からもらう言葉は謝罪よりも感謝の言葉の方が嬉しいかな？」

我ながら気障《きざ》だなぁ、と少し恥ずかしくなり年甲斐《としがい》もないセリフに耳が熱くなった。

しかし、それに気づいているのかいないのか、レアンドラ嬢はわずかにその頬《ほお》を染めてようやく表情を緩めた。

「ありがとうございます、ライモンド様」

そうこうしているうちに、キュリロス師匠が王家の邸宅から馬車を連れて帰ってきた。

さすが師匠！　わかってるぅ！

本当ならレアンドラ嬢と会ったらすぐ屋敷かどこかの店にでも誘うべきだったのだ。

「都合よく俺の従者が馬車を連れてきてくれたようなので、良ければお茶でもいかがですか？　このまま別れたのではいつもお世話になっているバルツァー将軍に顔向けできないので」

さすがにね。全く知らない相手ならともかく社交界で唯一踊ったことのあるレアンドラ嬢をこのままにして帰るとなるとあまりにもレアンドラ嬢に失礼だ。

適当な理由をつければ、レアンドラ嬢もそれならば、と俺の建前に乗ってくれる。

「では、うちの邸宅に案内いたしますね」

キュリロス師匠の運転する馬車に俺が乗り、後ろを走るレアンドラ嬢の馬車を先導する。

さすがに許嫁でもないのに同じ馬車には乗れないしね。

◆◆◆◆◆

つい先ほど後にしたばかりの学園都市内の邸宅へと戻り応接室へと通す。

馬車を取りに帰った時にすでに最低限の準備をしてくれていたらしい。

「すみません。たいしたおもてなしもできずに」

「そ、そんなことありませんわ！　呼んでいただけただけでも、わたくしは嬉しいんですもの」

うーん。この純粋な子を騙《だま》しているような気持ちはなんなんだろう。

まあ実際に、俺に好意を持ってくれてるレアンドラ嬢に対して気持ちを利用してる自覚はあるんだけどさ。

今回のこのお茶会とも呼べないお茶会で、少しでも俺とレアンドラ嬢が懇意にしている、とまではいかなくとも交流があるとそれとなく社交界に知られたらいい。

おそらく今回のお茶会に関してはレアンドラ嬢からバルツァー将軍に伝わる。

そこからカリーナ派へ、カリーナ派から俺派を名乗る貴族への牽制《けんせい》で広まればいい。

内容はどうであれ、俺がレアンドラ嬢を邸宅に招いたことは確か。

その事実さえあれば、バルツァー将軍たちはうまいこと俺とレアンドラ嬢の仲をでっち上げて勝手に俺派を押しとどめてくれる。

それに対して俺派がどう動くのか、この辺りは俺派を名乗る貴族連中が俺をどうしたいのかがわからないので臨機応変《りんきおうへん》に対応するしかないだろう。

レアンドラ嬢と他愛もない会話をしながら、お茶を飲む。

思考は今後自分が王宮に戻った時に直面するであろう面倒ごとについて。

しばらくそうしていると、ふとレアンドラ嬢との会話が途切れた。

「あの、わたくしとのお話はライモンド様にとって面白くございませんか？」

その言葉に、少し驚いてしまった。

確かに今後の王宮での面倒ごとについて考えていたけど、それを理由に適当に会話をしていたつもりもない。

それでも、何かレアンドラ嬢は違和感を覚えたんだろう。

「いいえ。すみません、何かあなたを不快にさせたでしょうか？」

とは言えさすがにイエスと言ってしまえばレアンドラ嬢に失礼なので、しらを切ることにした。

「そうですか？　それならいいんですけれど。ご迷惑でしたらおっしゃってくださいね」

控えめに笑うレアンドラ嬢は、まさに令嬢の鑑《かがみ》と言ったところか。

「あぁ、そういえば、レアンドラ嬢から何通も手紙をいただいた件なんですが」

「あ！　忙しいのに何通もお送りしてしまって申し訳ございませんわ」

申し訳なさそうな表情をするレアンドラ嬢に慌てて手を振る。

「いえいえ！　むしろこちらこそ申し訳ない。実は諸事情で俺は普段この屋敷とは別のところに住んでるんです。なので、先日ホフレからあなたの手紙の話を聞くまで送ってきてくださっているとは知らず。なので、迷惑とかそういうわけではなく。今後、もしも俺に送る手紙があれば、ホフレに渡してください。王宮の中だと、家族とキュリロス、それからホフレしか今の住まいを知りませんので」

「送って、いいんですの？」

俺の言葉に、驚いた様子のレアンドラ嬢。

まぁ、社交界で俺あんまり手紙の返事しないしなぁ。

いや、しないと言えば語弊があるか。

返事はするけど、お誘いの手紙にはすべてお断りで返しているのだ。

それは社交界では有名な話だからなぁ。

あとレアンドラ嬢に関しては、今どこに住んでいるのか、ということを聞いてこない辺りも好感度高いし手紙くらいなら全然構わない。

正直、そこは聞かれても答えられないし、今のレアンドラ嬢もそれを聞ける立場ではないからな。

「もちろん。俺も、上流階級のコースでレアンドラ嬢がどんなことを学んでいるのか気になるしね」

レアンドラ嬢からの手紙があれば、ホフレからの手紙とは違った角度からの情報が手に入るはずだしね。

今も昔も、女性のコミュニティは強いからなぁ。

「ええ。そういうことでしたら、手紙を送らせていただきますわ。そういえば、ライモンド様のことは学園でお見かけしたことがありませんの。どちらの科にいらっしゃるのですか？　わたくしは騎士科ですので、商業科や技術課でしょうか。その、お嫌でなければ、今後パーティーを作っての実習の際にでもご一緒できればと思ったのですけれど」

「科が違っても俺とパーティーを組むんですか？」

「え？　ええ。科が違えば、役割分担もできますもの。もしかして、もうどなたかと組むお約束を？」

この辺りは上流階級のクラスと庶民のクラスとで考え方が違うみたいだ。

「ライモンド様のご友人でしたら、ぜひわたくしもお近付きになりたいですわ！　もちろん、ご迷惑でなければですけれど」

あぁー……。上流階級だから人脈を作る方が大事だもんなぁ。

そりゃ科が違った方が人脈は広くなるしなぁ。

あとは人の使い方や交渉術も学べる。

上に立つものの振る舞いってやつか。

学園で舐《な》められる振る舞いをすれば、今後社交界に出たとしてもその関係は滅多なことで変わることはない。

逆を言えば、学園で良い関係を形成できればそれは一生もののつながりになる。

だから科が違っても、騎士科と魔導士科みたいな面倒ないざこざはないんだ。

「俺の所属は、秘密」

まあ、そもそも俺は上流階級コースじゃないからそうそう会えないし、言えないんだけどね。

ピンと人差し指を立て己の口元に当てた。

「では、会えたらその時にまた改めてお願いいたしますわ」

やっぱりレアンドラ嬢は立場を弁《わきま》えている。

多分、彼女は公爵家ということを抜きにしても社交界で地位を築ける。

俺の許嫁に、なんて言ってないで政治家としてフェデリコ兄様のもとで働くことを視野に入れて教育した方がいいんじゃないの？

俺のお嫁さんとか役不足すぎない？

ずかずか踏み込まないし、人の顔色を読むのがうまいし。

そんなことを考えていたからだろうか、

「レアンドラ嬢は、俺の許嫁の件どう思ってるんですか」

と、そんなことを口にしていた。

慌てて口をつぐんでも、時すでに遅し。

口から零れ出た言葉は相手の耳に届いてしまった。

顔を見るのも気まずくてスッと自身の飲むティーカップに視線を落とし、言葉を紡ぐ。

「いいえ、忘れてください」

「いいえ。忘れられませんわ」

力強いレアンドラ嬢の言葉にハッと顔を上げれば、強い意志の宿った空色の瞳に射貫《いぬ》かれた。

「あなた様の許嫁にと、望んだのは他でもないわたくしですわ。ライモンド様のお立場もすべてではありませんが理解した上で、あなた様を支えたいと思いましたの。わたくしは今も、あなた様からのお許しがいただけるのであればそう在《あ》りたいと、思っておりますわ」

たかだか十三歳のお嬢さんにこうまで言われていつまでも逃げるわけにはいかないよねぇ。

いい加減、俺も彼女との関係をはっきりさせなければ。

「今度、一度バルツァー将軍ともお話をさせていただきますね」

まだ学園にいる間はそれを理由に結婚も許嫁ものらりくらり躱《かわ》せるだろうけど、卒業したらそうもいかなくなる。

ならば、レアンドラ嬢のような人は俺にとっては好都合かもしれない。

自分で言うのも微妙だが、惚《ほ》れた弱みに付け込ませてもらおう。

だけど、できる限り気持ちは返すつもりではいる。

全く。なんで俺みたいなのに惚れ込んだの。

俺は利用しかしてやれないのに。

「そろそろ屋敷まで送りましょう」

「ありがとうございます、ライモンド様」

好きとか嫌いとか以前に、彼女にはできるだけ誠実でありたい。

◆◆◆◆◆

レアンドラ嬢と話をしてから数週間。

俺はミューラー先生に連れられてベルトランド兄様、改めベルトランド先生のもとを訪ねていた。

「ほぉ。それで混合魔術の話をする代わりに実戦魔術の開発を私に手伝え、と？」

片眉《まゆ》を上げてそう言うベルトランド兄様。

混合魔術に関して話がしたいと招待は受けていたとは言え、今回は俺の魔法の詠唱に関して教えを乞《こ》うためのもの。

だから、わざわざベルトランド兄様の研究室に足を運んでいるわけだが、部屋の奥からおそらく混合魔術研究に参加しているオリバーが心配そうにこちらを見ている。

学園では学園外の身分を原則重視しないということになっているが、そうは言っても一国の第二王子。

普通ならオリバーのように顔を青くさせたり硬まったりする人が多いようなのだが、ミューラー先生は割と落ち着いて話ができているほうだ。

「ええ。ベルトランド教授がお忙しいのも理解しております。ですが、この子は、武道一辺倒の私が言うのもなんですが、魔法にも精通しております。その才能を伸ばさずに捨てておくことは、一教師としてできません」

そう言うと、ミューラー先生は俺を後押しするように背に手を回してくれた。

普通ここまで一生徒のために尽力してくれるだろうか。

ミューラー先生からしたら、周りの生徒と比べて時期尚早《じきしょうそう》。筋力も体も出来上がっていない、かといってセンスが突出しているわけでもない。

それだけでも俺に教えるのに手が取られるのに、さらに俺はミューラー先生どころか学園にいる教師陣が誰も手を出していない武術と魔法を本格的に融合させようとするし。

それでも諦《あきら》めずに、それどころか俺のやりたいことができるようにこうしてベルトランド兄様に話を通してくれる。

その嬉しさにかすかに頬が緩んだ。

「話はそこのウッドからも聞いている。彼が研究の合間に楽しそうにノートに新しい魔法を書いていたのでな。こちらも彼を通してオルトネク、だったか？　彼の魔法への適正や知識はある程度把握している。魔法の発展につながるのであればこちらとしても願ったりかなったりだ」

半身を引いて、俺とミューラー先生に部屋の中へ入るよう促したベルトランド兄様。

軽く会釈をしながらベルトランド兄様の研究室に足を踏み入れるミューラー先生の後に続いて俺も足を踏み入れる。

「よかったな」

ベルトランド兄様の横を通りすぎるその一瞬、前を歩くミューラー先生に聞こえないくらいの声量で俺に声をかけてくれた。

反射的にベルトランド兄様の方を振り返ると、ベルトランド兄様は優しく微笑《ほほえ》んでいた。

思わず足を止めてしまったが、ベルトランド兄様は自分の研究室の扉を閉めるとすぐさまその表情を戻してしまった。

「ライ・オルトネク。どうしました？」

先に部屋の奥に進んだミューラー先生が不思議そうに尋ねてくるので、俺も軽く頭を振り気持ちを切り替える。

「いえ、なんでもありません」

「二人ともそちらのテーブルに。ウッド、お前も茶の準備を済ませたらこちらに来い」

慣れたものなのか、その指示にオリバーは迷うことなく部屋の奥へと下がった。

「従者の方などは連れてないんですか？」

ふと気になりそう尋ねた。

「この研究室には魔力のある者が不用意に触れると誤作動を起こしかねない研究途中の魔方陣がいくつもある。私の教え子で認めたものならともかく、そうでもないものをうろつかせるわけにはいかないからな」

ベルトランド兄様が椅子に腰かけてから、その向かいにミューラー先生と俺も座る。

そのタイミングで奥から紅茶のセットを持ってオリバーが戻ってきた。

「紅茶など多少質が落ちようとも、目も当てられないような出来だとしても、私が最低限叩《たた》き込めばいいだけの話だ」

オリバーが淹《い》れた紅茶を口に含みそう言い切ったベルトランド兄様。

反射的にオリバーに目をやれば、相当しごかれたのか遠い目をしていた。

「はは……。紅茶を淹れるのには今後苦労しなさそうです」

そう言ったオリバーが全員分紅茶を淹れ終わると俺の隣の席に腰かけた。

「え、オリバーこっち？」

「ベルトランド様の隣に座るなんて恐れ多すぎるんだよ……っ!!」

胃の辺りをさするオリバーには同情しかない。

でもな、オリバー。お前の隣の俺も実は王族なんだよ。

見てみろよ、正面のベルトランド兄様のあの微妙な表情。

絶対俺と同じこと考えてる。

「早速で申し訳ありませんが、ライ・オルトネクの今後の話に戻っても？」

ミューラー先生が話の軌道修正をし、俺たちも各々聞く態勢に入る。

「先日から魔導士科の教授陣に混合魔法に関してライ・オルトネクの意見を聞きたいと申し出がありましたが、彼自身の騎士科としての進捗《しんちょく》が芳《かんば》しくなくお断り申し上げておりました」

「話は聞いている。せめて二年目の秋以降、オルトネクの体が出来上がってからという話だとな」

俺の知らない間にそんな話になっていたとは知らなかった。

「はい。ですが、実は今年の秋には彼に国外への留学を勧めようと話が上がっていまして」

「え、俺も初耳なんですが!?」

思わず聞き返すとミューラー先生は事もなげに、言ってませんからねぇ。と言った。

「期間は？」

「一年ほど。ですので、次彼が生徒として学園に戻るのが、当初予定していた二年の秋になります」

「あと数か月で私たちの研究とそちらの要求をこなせと？」

「無理を言っているのは百も承知です」

さすがのベルトランド兄様の眉間《みけん》にも深いしわが刻まれた。

横でそれを見ていたオリバーは心配そうに俺や先生たちの顔に視線を向ける。

しばらく難しい顔で何やら思案していたベルトランド兄様が、不意に俺とオリバーの方へ視線を向けた。

「オルトネクが留学に行くまでの間、彼は私の研究室で預かっても？」

「週に一度私のもとに戻していただければ」

それを聞くなりベルトランド兄様は立ち上がり、俺に対して手を差し出してきた。

「今日から私はお前の教師であり、共同研究者になる」

「改めまして、ライ・オルトネクです。よろしくお願いします、ベルトランド先生」

「では、私は別件で動かなければいけませんので、これで失礼しますね。ベルトランド教授、あとはよろしくお願いいたします」

「みゅ、ミューラー先生！　ありがとうございました！」

ベルトランド兄様と軽くその他の細かい決まりを話した後、ミューラー先生は改めて俺に向き直った。

「ライ・オルトネク。急ぎ足にはなりますが、自分の将来のために、自分のなりたい騎士の形に近づけるように頑張りなさい」

俺を激励するように軽く肩を叩いて今度こそミューラー先生は研究室を後にした。

「ひとまず、君の話を先に聞こう。私が君に聞きたいのは、ウッドと私に話した混合魔術に関して。君は対価として私に何の知識を望む」

「オリバーからだいたいのことは聞いたのでは？」

「把握してはいる。だが、間に人が入れば入るほど事実とは歪曲《わいきょく》して伝えられる」

改めて直接話を聞きたいと言うベルトランド兄様に、俺の騎士科での戦い方を告げる。

「つまり、俺は魔導士と騎士、できればそれもある程度ジョブに多様性のあるパーティーを作りたいんです」

これは前回から騎士科の講義では少しずつ実現しようとしていることだが、前衛職と後衛職の導入。

パーティーの盾、敵からの攻撃を一身に受け、仲間を守るタンク。

これは体力があり装甲に自信のある者、もしくは敵のヘイトを買いつつ攻撃を回避する俊敏な者が適任だ。

次に回復職。これは騎士科よりも魔導士科の、特に白魔法が使えるものが望ましい。

パーティーの回復を一身に担うことになるので、全体を回復できるだけの力量があることは大前提として、全体を見て把握する能力が必要になる。

あとはタイプの違うアタッカーが二人ないし三人欲しい。

一人は物理攻撃に特化したアタッカー。

これは手数で攻めるアルトゥールのようなタイプでも、圧倒的パワーでねじ伏せるシローのようなタイプでもいい。

もう一人は魔法攻撃に特化したタイプ。

魔物でも魔法防御が高いタイプと物理防御が高いタイプとあるから、アタッカーのタイプは必ず分けたい。

最後に、物理も魔法も使える万能型。

スキルの伸ばし方によっては器用貧乏になりかねないが、俺が目指すタイプがこれ。

某ＲＰＧの勇者がこのタイプじゃないかな？

で、問題は魔導士も騎士も互いが一緒のパーティーで戦うことをしようとしなかったから、互いをカバーしあうような魔法がない。

その魔法をずっと考えていたわけなんですが。

「どのような効果の魔法を作るかは考えているのか？」

「はい、もちろんです。今、騎士科の実技講義で使用している魔法を中心に、オリバーが考えてくれている魔法を少しずつ実戦に組み込んでいこうかと思っています」

「今まで詠唱や魔方陣はどうしていた」

「そこは、こう。想像力でカバーをしてました」

王宮で魔法を教えてもらっていた相手なので、少し気まずくなり視線を逸《そ》らせる。

ベルトランド兄様は俺が南の庭園でやらかしたことも知っているので、表情が険しい。

「なるほど。魔法の基礎自体はできているのか？」

「基礎的な魔法とその魔方陣や詠唱という意味ではできます」

すべて王宮でベルトランド兄様とキュリロス師匠に教えてもらったことだ。

「なら、君に必要な知識は、魔方陣や詠唱の構築に関する知識というわけだな。私が直々に教えても構わないんだが、ウッド」

「は、はい！」

横で静かに話を聞いていたオリバーがびくりと体を跳ねさせた。

「書庫から神聖文字の本を。それから、基礎的なことはお前が教えなさい。人に教えることもまた学びだ」

「はい！」

「今日は混合魔法に関してはひとまず考えなくていい。ウッドもオルトネクも、オルトネクの魔法知識の向上に努《つと》めるように。明日からは時間を分けて研究と講義を行う」


それ以降、ベルトランド兄様は混合魔法に関して他の教授陣と話をするとかで研究室を後にした。

なので、オリバーに一から神聖文字を教えてもらう。

基本的に魔方陣は神聖文字を使用する。

世界最初の魔法は妖精《ようせい》からノトス連合王国に住まう亜人に伝えられた。その妖精の使う文字が、神聖文字。すなわち、神が使う聖なる文字というわけだ。

神聖文字はアルファベットよりも、どちらかと言うと象形文字のほうがイメージ的には近い。一文字一文字が意味を持ち、それの組み合わせで単語の意味が変わるというわけだ。しかも、文字数は漢字のように多いわけではない。

ファンタジーの定番、ルーン文字だっけ？　それに近い印象を受ける。

「それにしても、一年目なのにもう留学の話が出ているのか」

真面目《まじめ》に神聖文字に関しての考察をしていると、オリバーがそう言った。

「あー。俺も今日初めて聞いたけどね」

「留学なんて、毎年学園全体から数人しか行かないぞ。それもほとんど上流階級の方たちのための社会見学の意味合いのほうが強いものだしな」

「そうなの？」

意外と言えば意外だが、確かにこの世界の言語やらなんやらを考えれば納得はできる。

言語は世界共通言語。学園は各主要国にあり、どの国の学園に通うかは個人の自由。

入学条件はすべて統一されていて、よく言えば平等。悪く言えば多様性がない。

「留学先ってどうやって決まるの？」

「希望の留学先があれば、そこに。そうじゃなかったら担当教授の勧める留学先だって話だ。まぁ、僕には縁がないだろうけどね」

苦笑いを浮かべるオリバー。

「え、でも。だとしたら、何のためにミューラー先生は俺を留学に行かせるんだろう」

「さぁ………？　でも、ミューラー教授は元Aランクの冒険者だろう？　何かしら意味があるんだとは思うけどなぁ。それより、今はそのミューラー教授とベルトランド教授に言われたこっちに集中しようか」

「はーい」

◆◆◆◆◆

ベルトランド兄様とオリバーのところで神聖文字の勉強を始めて早数か月。

今までほぼ毎日一緒に行動していたシローとアルトゥールとも、ほとんど顔を合わせるだけくらいになっていた。

「おいおい、戦場の指揮官様は魔導士科に入学し直したんか、コラ」

「お、ライやーん！　久しぶりやなぁ！」

ここ数か月、ほとんど行動を共にしていたのはオリバーだが、今日も今日とてそのオリバーと食堂で昼食をとろうとすると、ちょうどシローとアルトゥールも昼食をとりに来たようだった。

「うわー。アルトゥールの辛味も久しぶりに聞いたんだけど。でも今はオリバーが一緒だからやめてくんない？　同類と思われたくない」

「んだと、コラ！」

久しぶりの軽口に、俺の胸倉を掴むアルトゥールだが、その顔には笑みを浮かべている。

「んで？　そっちのボッチャンと今はよろしくしてんのかよ」

「うっわ、言い方が低俗ぅ」

「なんなんだ、君たちは……」

オリバーもアルトゥールの言い方に顔をゆがめ、アルトゥールもそんなオリバーの表情に不機嫌になる。

「ひとまず、互いに紹介するから昼飯にしない？」

とりあえず互いに昼食を持ち寄って、席に着く。

事情を知らない他の生徒たちが、怪訝な表情で俺たちのテーブルを見てくる。

シローとアルトゥールが隣に座り、向かいに俺とオリバーが座る。

シローはもともとあまり騎士科だの、魔導士科だのとこだわっていなかったから笑顔だが、アルトゥールは見事なまでの悪人面。

ひとまず隣に座るオリバーをアルトゥールとシローに紹介する。

「今俺に魔法を教えてくれてるオリバー・ウッド。ちなみに寮で隣の部屋の人でもある」

「オリバー・ウッドだ。魔導士科三年目、と言いたいところだが、来学期からはベルトランド教授のもとで混合魔法研究のチームに加わる都合上高等部配属になる」

「え、初耳」

「最近決まったことだからな。僕も先日ベルトランド教授に話を聞いたばかりだ」

少し誇らしげにそう述べたオリバーに、アルトゥールは面白くなさそうに眉根を寄せた。

「次に、こっちの好青年がシロー・ナキリ。俺と同じミューラー先生の講義受けてる同期」

「初めまして。ボクはナキリ・シローやで！　ようナキリが名前やと思われるんやけど、ボクの国ではシローの方が名前になるんよ。シローでええよ」

友好的に差し出されたシローの手を、オリバーは意外そうに少し見つめ、それに応《こた》えた。

「最後にこの口も行動も悪い輩《やから》みたいなのがアルトゥール」

「おい」

俺の適当な紹介にアルトゥールがビキリと額に青筋を立てた。

「アルトゥール・シーシキンだ。で、テメェ強ぇのかよ」

「野蛮《やばん》かよ」

アルトゥールは野生動物か何かなの？　強さこそすべてなの？

「………少なくとも、剣を振るしか能がない君よりは総合的に見て僕のほうが優れてる」

「んだとコラ‼」

オリバーの言葉にガタリと腰を浮かしたアルトゥールを、隣のシローが押さえ込んだ。

え、て言うかオリバーも何煽《あお》ってるの。戦闘狂なの？　同族嫌悪なの⁇

「俺様はな！　こういう軟弱なくせしてすかしてる奴《やつ》が一番嫌いなんだよ‼」

「奇遇だな。僕は頭を使うことを自分から放棄してるくせに、いざ頭で戦う者を前にしたらその強さを認められないような臆病《おくびょう》者を見ると虫唾《むしず》が走るんだ」

なーんでこう互いに煽り合うのかなぁ？

予定は今日ではなかったとは言え、俺は自分が留学に行く前にこの三人を会わせようとしていた。

と言うのも、三人で協力して俺がいない間にも混合パーティーの戦い方とか魔法とかの訓練をしてほしかった。

騎士科の方は俺がいるミューラー先生のクラスに限りだが、魔法の有用性は認められてる、と、思う。

一応留学は秋学期のみの半年に満たない期間だが、その間何もしなければ風化してしまう。

「二人とも落ち着きぃ！　アルも、今までライと一緒に戦っとったんやから魔法が強いんもわかっとるやろ！」

「オリバーも！　アルトゥールが向こう見ずな戦闘馬鹿《ばか》なのは俺も認めるけど」

「おいコラ、ライ！」

「これでも、うちのパーティーの優秀なメインアタッカーだから。大目に見てよ。ね？」

主に対人面で問題があるとは言え、アルトゥールの剣術は目を見張るものがある。

もしも、俺が今後も平民として冒険に出ることがあるのであれば、ぜひとも一緒に旅をしたいメンバーの一人だ。

それにはもちろんシローもオリバーも含まれているけど。

「まぁ、こいつの口の悪さに関してはさ。俺も軽口の叩き合いを楽しんでる節もあるし、ごめんね」

ごめんね、と手刀を切って詫《わ》びる。

と、アルトゥールならここでもう一言二言文句なりなんなり言うと思っていたが、存外静かなので不思議に思いそちらに視線を送る。

そこには、何か言いたげに数度口を開くも結局何も言わずへの字に口を固く結び、何とも形容しがたい表情を浮かべるアルトゥールの姿。

表情を向けられた。

「え、何その表情」

俺がアルトゥールの反応に怪訝な表情を浮かべていると、逆にシローやオリバーから呆《あき》れたような表情を向けられた。

「ライ……。ほんま君って人たらしやんなぁ……」

「まぁ、でも彼からしたら嬉しいんじゃないのか？　それだけ必要とされるなんて、それが騎士だとしても魔導士だとしても最高の誉《ほま》れだろう。しかも、魔法を使うライと仲がいいってことは実力も認めているんだろう？」

「そうそう。ほんま素直とちゃうから悪態ついとるけど、最近はライの魔法のバフやっけ？　それで戦えんくて機嫌悪かったから、反動で余計嬉しいんちゃう？」

「あぁ……。確かに、ライの思考回路は今までの考えと全く違っているから、話すのも、新しい魔法や戦法を実践するのも楽しいからね。僕だって正直ライが留学に行っている間、新しい魔法の話ができないのは面白くないからね」

シローに俺の知らない講義中の自分の行動を暴露され、さらに心の機微をまだ認めてないオリバーに解説され、哀れアルトゥールはその顔を真っ赤にしていた。

それ以上はアルトゥールの精神衛生上やめて差し上げて！

「あぁ、なるほど」

合点がいったと言わんばかりに、オリバーが手を打った。

「ライと話せなくて寂しかったのか」

何とか持ちこたえていたアルトゥールが机に突っ伏した。

「自分は話せないのに、隣に僕がいたから当たりが強かったのか」

や、やめて差し上げろ!!　アルトゥールのライフはもうゼロよ!!

突っ伏したままプルプル震え始めたアルトゥールに、俺もシローもいつこいつが暴れだすのかはらはらと見守ることしかできない。

「…………………そんなんじゃねぇ」

そんな俺たち二人の心配とは裏腹に、言い返すアルトゥールの声は弱々しかった。

「そんなんじゃねぇけど」

突っ伏したまま、少し頭を動かしそっぽを向く。

「………二年飛び級だと。俺様もシローも」

アルトゥールらしからぬ静かなその話し出しに、俺も思わず動きを止める。

「だからよォ。秋学期が最後だったってのに、留学なんかしやがって。その上それまでは魔導士科で魔法の勉強だァ?」

アルトゥールがわずかに身じろぎ、そのまま机の上から俺を睨みつけた。

「お前が言うパーティーとして、シローとお前と一緒にまた戦うのはいつになるんだよ。コラ」

中学生か!?　いや、アルトゥールを十四歳と仮定するなら十分中学生か。

今まで、俺も体が縮んでアルトゥールやシローが大きく見えてた分、無意識のうちにこいつらのことを大人《おとな》と同じ扱いで見てたけど、そういやこいつら『俺』からすると十分子供だったわ。

俺としては、最悪学園で一緒にパーティーが組めなくても、卒業してからパーティーを組めばいいと思ってた。

でも、そうだよなぁ。この年のころって一日一日で精いっぱいで、五年後十年後の話なんて自分に関係ない遠い未来の話だよなぁ。

「まぁ、俺が留学行くにしろ行かないにしろ、シローとアルトゥールが飛び級するならどっちにしろパーティーを組むのは卒業後だろ？」

普段なら絶対気持ち悪いって怒られるだろうけど、アルトゥールの頭の上に手を乗せる。

「どうせすぐにパーティーが組めないなら、俺は次お前たちと組むために強くなりたいんですが？お前じゃないけど、どうせ戦うなら少しでも強い相手と戦いたいし。お前たちを勝たせてやりたいし」

しばらくアルトゥールの頭をぽふぽふ撫《な》でてたら、ペイっと叩き落とされた。

「腕落としてたらぶっ殺す」

「こっちのセリフなんだけどー？」

依然こちらをにらんでいるものの、機嫌を直したアルトゥールに向かってこぶしを突き出すと、応えるようにアルトゥールもこぶしを突き合わせてきた。

「じゃあ、お前が魔導士との共闘の勘を落とさないために、俺がいない間はオリバーと協力しろよ」

直後、食堂にアルトゥールのブチギレた怒声が響き渡った。

あ、ちなみにオリバーには事前に承諾済みです。

◆◆◆◆◆

混合魔法の研究に協力することを条件に、ベルトランド兄様の研究室でオリバーに神聖文字を教えてもらってたわけだが、実際のところ俺に意見を求められることはあまりなかった。

オリバーのいない時に、こっそりライモンドとしてベルトランド兄様に理由を尋ねてみたところ。

「弟が勉強する時間を確保することくらい私にもできる」

と、少しむっとした表情で言われてしまった。

俺の兄様世界一！

それに、魔法研究の第一人者として、騎士科の俺に毎回意見を求めることは他の教授陣もプライドが許さないらしい。

なので、各魔法分野の教授たちが、あくまで休憩の体《てい》をとってベルトランド兄様の研究室を訪れ、俺と話すようになった。

俺としても、混合魔法に携わる色んな分野のプロフェッショナルの話が聞けて知識を蓄えられる。

で、たまにシロー、アルトゥール、オリバー、俺の四人で、魔導士と騎士混合パーティーの戦い方を試してる。

一向にアルトゥールとオリバーの仲は良くならないが、そこは年上のオリバーが折れたりシローが潤滑油の代わりを務めて何とかなっている。


学園生活が充実する一方、俺が骨董品屋ジューノに顔を出すことはほとんどなくなった。

「あ！ ライさん！」

「ジュリア、久しぶり」

何度かオーナーのジュゼッペさんとヴォリアさんと一緒に仕入れ業者の人と話したが、それ以降俺が店に出る日はめっきり減った。

「最近全然ライさんと会えないので、私寂しいです……」

シフトはヴォリアさんが決めているので、形ばかりの店長であるジュリアにどうにかできるはずもなく。俺の出勤日数は月に二、三回程度にまで減らされた。

まぁ、今の経営状況から、ジュリアにジネブラさんと二人暮らせるだけの給料を渡して、さらに今や経営の要《かなめ》になっているヴォリアさんに給料を出してたら、俺を雇う余裕なんてないよなぁ。

「今まで私やおばあちゃんを支えてくれたのはライさんなのに……」

ぷくりと頬を膨らませて不満をあらわにするジュリア。

「まぁ、正直こうなることは想像できてたけどねー」

ジュゼッペさんの意向で、やはり家具などに関しては取扱数を縮小。

今後入荷するかはどうかは売り上げしだいとなった。

アンティークの取り扱いは小物類に限ることになり、メインの収入源はやはり魔石だそうだ。

フラディーノでは魔物の核と安価な魔石、ジューノでは質の良い魔石を取り扱うことで事業の棲《す》み分けをするらしい。

あとは、ジューノで雑貨の買取も始めた。仕入れの業者からではなく、客から直接安価で買い取り、店の一角をセカンドハンドショップ化する。

それで、学園都市の一等地、雑貨屋フラディーノの提携店舗として骨董品屋ジューノを宣伝することで来店者数も増えた。

とは言え、経営的には今までのマイナス分も含めるとまだ状況は芳しくない。

「俺も辞め時かなぁ」

客が途切れたふとした瞬間にそうぽつりと言葉を漏らす。

俺としても収入がそんなにないのにここでバイトを続ける意味がない。

「ライさん、もう会えないんですか……？」

側で、俺の言葉を拾ったジュリアが泣きそうな顔で俺を見つめる。

「いや、辞めたとしても魔石とか買いにまた来るよ？　それに、友達と会うのに理由っている？　会いたくなったら遊びに来るよ」

笑ってジュリアの頭に手を置いて、髪をわしゃわしゃと撫で回す。

「もう！　私そんなに小さい子供じゃないんですから！」

俺の手から逃《のが》れたジュリアが乱れた髪を整える。不満そうにぷくりと頬を膨らませるジュリアのそのしぐさが、妹のエルフリーデと重なる。

とは言え、エルフリーデは五歳でジュリアは十四歳くらいだから失礼かもしれないけど。

「でも、そっか……。私たちお友達ですもんねっ！」

「そうそう。それに、どうせ次の学期は俺留学に行くから店出られないしねぇ」

「え!?　そ、そうなんですか!?」

「言ってなかったっけ？」

さすがに雇ってもらってる立場だから、オーナーのジュゼッペさんとシフト管理してるヴォリアさんには伝えたはずだけど。

だからジュリアにも伝えてた気になってた。

「うん。とりあえず今月出勤したらあとは休みをもらってるよ。次の学期までの休みは実家に帰らないといけないから」

バルツァー将軍とレアンドラ嬢のことを話したいし。今は平民のふりをしているとは言え、王族が留学に行くのだ。国同士のいろいろとかもあるしね。

そんな話をしていると、カランと店の扉を開ける音がし、ジュリアは接客に向かった。

実家、と言うか王宮に帰る理由はもう一つ。留学先の話。

ミューラー先生とは留学先の国がどこという話まではまだできておらず、留学先は特にまだ決まっていない。

まぁ、どの国に行くとしても、王族の俺が行くので国の上層部にはその旨を伝える必要がある。たとえ俺が平民を装っていてもね。

多分、ミューラー先生はオスト帝国出身で竜騎士だし東の国を勧めてくるだろうけど、俺としてはせっかく留学に行くのであれば行きたい国がある。

「オルランド兄様元気かなぁ」

◆◆◆◆◆

後日、ミューラー先生から留学の話を本格的に話し合いたいと言われ、ミューラー先生と空き教室で話をする。

「オッキデンス王国、ですか？」

留学先は、やはりミューラー先生は武術に長《た》けたオスト帝国への留学を勧めてきたが、俺は前々から考えていたオッキデンス王国がいいと希望を述べた。

「どうして武に優れた東でも魔法に秀でた南でもなく、商業国であるオッキデンスに行きたいんですか？」

「はい。正直俺には魔法の才能も武術の才能もないですよね？」

質問を質問で、それも教師としては答えにくいことを聞かれ、一瞬ミューラー先生は言葉を詰まらせた。

「…………そう、ですね。魔法に関しては知りませんが、少なくとも剣術に関しては凡人。今は年の割には固められた基礎があるので何とかアルトゥール・シーシキンやナキリ・シローにも食らいついていけていますが、数年もすれば確実に置いていかれることになるでしょうねぇ」

「魔法に関してもオリバー・ウッドに教えてもらっていますが、今から勉強を始めて彼のレベルに到達できるかと言われると無理です。そもそも俺の考え方は魔法を構築することには向いていないようです」

魔法を勉強すればするほど、オリバーやベルトランド兄様のすごさがわかる。

『俺』の時も文系脳理系脳とかあったけど、少なくとも俺は魔法脳ではなかったようだ。

勉強すれば基本的なことは理解できるけど、応用になると全くわからんし、説明されてもわからんかった。

「なので、俺が冒険者として才能のある彼らと肩を並べるために伸ばすべきことは、『俺』としての着眼点で気づいた理想を、どれだけ現実に昇華できるかだと思うんです」

もちろんミューラー先生は『俺』のことを知らないので、本当の意味で俺の言いたいことは伝わってないと思うけど。

「なるほど。人脈を作りに行くと？」

「ちょっと傾いた店を立て直す機会がありまして。自分には商人としての知識も才能もないことに気づきました。と、同時に技術職の方にも伝手《つて》がないなぁと痛感いたしまして」

少し考え込んだミューラー先生だったが、一度フッと瞼《まぶた》を下ろして俺に視線を向けた。

「でしたら、留学先はオッキデンス王国にしましょうか。自分で自分の限界を決めてしまうのはもったいないことですが、世の中にはどうしようもないことがあります。神から与えられた才能、階級、種族、体格、性別。自分の限界を知り、挫折《ざせつ》するか。それとも別の活路を見出《みいだ》すのか。ライ・オルトネク。人脈を作ることこそが君の活路だと言うのであれば、私は教師として全力でそれに協力しましょう」

ことさら柔らかく微笑んだミューラー先生が、少し腰を浮かせて俺の肩を軽く叩いた。

「ライ・オルトネク。君は他の生徒に比べてまだ幼い。ゆえに体格も技術も拙《つたな》い。それを理由に君を侮《あなど》る者もいるでしょう。ですが、それに負けず、むしろそんな奴らからこそ、知識を、技術を、考えを盗み、そして自分の人脈を広げる糧《かて》にしなさい」

「はい、先生！」

無事留学先も決まり、あとはオッキデンスでどこに住むのか、単位の換算がどうなるのか、そもそもどの講義を取るのかを話し合う。

ある程度話がまとまり、今日の話はここまでにしましょう、と言ったミューラー先生の言葉でお開きに。

「あぁ、そう言えば」

空き教室を出て、廊下を歩いていると、今思い出しましたとミューラー先生が口を開く。

「君と同じタイミングで留学に行く生徒が三人いるんですけれど、そのうちの一人と留学先が被《かぶ》ることになりましたねぇ」

「へぇ。俺の知っている人ですか？」

「いいえ、たぶん三人とも面識はないと思いますよ。全員学年も、科も、専攻も違いますからねぇ。あぁ、でも」

建物から出て、棟と棟をつなぐ渡り廊下の中ほどで不意にミューラー先生が足を止めた。

「お一人はご存じかもしれませんねぇ」

すっと腕を上げ、学園の一角にいたある人物を指し示した。


原則、学園において外での階級は考慮しないものとなっている。

しかし、学園に来る理由も平民と貴族とでは異なるため、必然とクラスや使われる教室は分かれているため、『暗黙の了解』として平民と貴族を分けるいくつかのルールが存在する。

そして、そんな暗黙の了解の一つ。貴族のサロンとして使われているカフェテリアのテラス席。俺がよく知る色を持つ一人の人物。


「ヴィルヘルム・フォン・オスト。オスト帝国の皇太子であらせられます」

俺の持つ本来の色と同じ黒い髪。周りにいるのは俺も知っている各国を代表する有名貴族のご子息やご令嬢。

「レアンドラ嬢……」

中でも俺の目を引いたのは、綺麗な珊瑚色の髪をなびかせるレアンドラ嬢だった。

思わず見つめすぎたのか、ぱちりとレアンドラ嬢と目が合った。こちらを見つめる俺とミューラー先生に不思議に思ったのか小首を傾《かし》げる。

そのしぐさに気づいたヴィルヘルム皇子が何やらレアンドラ嬢と言葉を交わし、次いでこちらに目を向けた。

伯父上や母上とは違う、血のように赤い瞳。俺の従兄《いとこ》だ。俺の誕生日パーティーで鋭い視線を俺に送っていたその人が、穏やかに微笑みながら手を振ってくる。

「私に気づかれたようですね。呼ばれていらっしゃるので行きましょうか」

冒険者になる前はオスト帝国軍で有名な竜騎士だったミューラー先生は従兄殿と面識があるようだった。

ミューラー先生に促されるまま、俺も一歩遅れて従兄殿やレアンドラ嬢たちのいるカフェテリアに歩を進める。

「久しぶりだね、クロヴィス。帝国軍を辞めてから冒険者としての活躍は聞いているよ」

「もったいなきお言葉でございます」

その場に跪いたミューラー先生に倣《なら》い、俺も後ろで跪く。

実を言うと、俺は伯父上同様この従兄殿に会ったことはあるものの、その記憶があまりない。『俺』と今の俺の意識のすり合わせをしている時、まさに知恵熱で意識がもうろうとしている時にこの五つ上の従兄殿は王宮に足を運んでくださったらしいんだけどね。

「後ろにいるのはお前の生徒かな？」

「はい。今年入学した者で、ライ・オルトネクと申します」

基本的に平民のふりをしている俺が、目上の従兄殿に声をかけるのは不敬に当たるので、さらに頭を低く下げるだけにとどめる。

「実は、ヴィルヘルム様と同じく来期オッキデンス王国への留学が決まりまして、もし差し支えなければご挨拶《あいさつ》申し上げてもよろしいでしょうか」

「許す」

俺が挨拶をしやすいように頭を下げたまま少し横にずれたミューラー先生に、俺はそのまま気持ち前に進み出る。

「ご紹介にあずかりました、ライ・オルトネクと申します。お目通りがかない大変光栄でございます」

とりあえず当たり障りなく挨拶をすれば、自分の目の前に従兄殿が歩み寄る気配がした。

「そう言うのであれば、ぜひ君の顔を見せてはくれないか？　確かに私は皇太子ではあるけれど、学園では貴賤《きせん》の差は関係ない。そうだろう？」

正直、顔を見せれば前髪や眼鏡《めがね》で隠しているとは言え、ばれそうな気がする。

さらに言えば、色付きの眼鏡なのでこれを取れと言われたら詰む。

とは言え、皇太子さまの言葉を無視するわけにはいかないので恐る恐る顔を上げた。

きりりとした涼やかな赤い瞳。オストの皇族の人はどちらかと言うと吊《つ》り目がちなのだろうか？

母上も伯父上もきりりとした目をしていたな。

そして、皇族の証《あかし》とも言える射干玉《ぬばたま》の髪。

俺と違い顔を隠す必要はないので、伯父上や母上によく似たその綺麗な顔を存分にさらけ出している。

「同じ国に他の生徒と一緒に留学に行くことなんてほとんどないからね。あちらでは一緒に行動することもあるかもしれない。先ほども言ったが、学ぶことに貴賤など関係ない。よろしく頼むよ」

「もったいなき、お言葉です」

俺知ってる。こういう展開、フラグが立ったたって言うんでしょう？

番外編

レアンドラ・バルツァーは恋の重荷を背負いたい。

I was born as
the seventh prince,
what should I do?

一心不乱《いっしんふらん》に槍《やり》を振る。

どれほどこの素振りをしたのか、額から汗が流れ落ち首筋を伝う。

「レアンドラ様ー！　お茶会が始まりますのに、まだ鍛錬をなさっているんですか？」

鍛錬場の入り口から学園に来てから交友を持った友人の声が聞こえ、振るっていた手を止めた。

「今行きますわ」

「レアンドラ様は女性ですのに、よく毎日あのような長物を振るえますすね」

そうおっしゃるのは、チェントロ王国の公爵家の出で、今は歴史を専攻していらっしゃる友人だ。

「ライモンド様のことを思えばこそですわ」

「お話に聞く第七王子でございますね！　婚約者をお守りするために女だてらに武芸を磨くなど素敵なことですわ！」

わたくしとは違う滑らかで柔らかな両手を自分の胸の前で合わせ、そう喜ばれる彼女は女であるわたくしから見ても可愛《かわい》らしい。

でも、違うのです。

「ライモンド様はわたくしの婚約者ではありませんわ」

「え？　では、なぜライモンド王子のために武芸を？」

「いつか、あのお方の隣に立つためでございますわ」

そのために必要とあれば、白魚のような手も、華奢《きやしや》な体躯《たいく》も、わたくしはいりませんわ。

「たとえ、あの方がわたくしのことを少しも想っていなかったとしても」

◆◆◆◆◆

世界の中心とも言われるチェントロ王国の、五公爵が一つ、バルツァー家の長女としてこの世に生を受けた。

国の武を担う公爵家ゆえに、昔から武芸はわたくしにとっては身近なものだった。

「レアは女なのだ。この国の安全は、父やお前の弟に任せればいい。レアは自分の幸せを考えればいい」

武芸者らしい豆のある大きな手でわたくしの頭を撫《な》でる父が好きだった。

「レアンドラはわたくしたちの娘ですもの。必ず素敵な殿方と幸せになりますわ」

女性らしい柔らかい指でわたくしの頬《ほお》を撫でる母のような大人《おとな》になりたいと、マナーやダンスに精を出していた。

女性でありながら剣を振るう者のことは素直に尊敬していたものの、あくまで自分自身は母がそうしてきたように、誰《だれ》か素敵な男性と結婚し、その人との子を守り育てたいと思っていた。

社交の場で人脈を広げ、時には位も立場も関係なく、自分の話術やセンス一つで成り上がることができる社交界で成功したいと思っていた。

あの日、ライモンド様にお会いするまでは。


幼いころから社交界を夢見ていたわたくしは、よくお父様におねだりをして王宮に連れていってもらっていた。

いつかこの国の王妃となられる方を自分のお茶会にお招きする。そしてわたくしの選んだお花を、お茶菓子を、服装を、装飾を、その中の一つでも認めていただきたい。

社交の場はその見た目とは裏腹にシビアだから。たとえ階級が上だとしても、お話やセンスのない方のところのお茶会は何とも寂しいものだ。

逆に、階級こそ低いものの、センスが良く話の上手《じょうず》な方の開くお茶会にはこぞって人が参加する。

母に連れられて参加させていただいたお茶会でそんな女性たちをたくさん見てきた。

だからこそ、わたくしは王宮を訪れるのが好きだった。

一級品の調度品。美しいお庭に、洗練された従者たち。

「レア。アブラーモ様から私がパーティーに出ている間、そのまま王宮に滞在してもいいとお言葉をいただいている。一人で待つことにはなるが、このまま王宮にいるか？」

「もちろんですわ！　わたくしも　もうりっぱな　しゅくじょでございますもの！　それに、おうきゅうは　すてきなものがいっぱいで　なんどきてもたりませんもの！」

「では、この部屋でお利口にしておくんだぞ？　父もすぐに戻る」

王宮の庭が綺麗《きれい》に見える応接室に通され、父はそのままパーティーに行った。

初めは部屋の光を落とし、その部屋から見える美しい庭を見て楽しんでいた。

美しく咲き誇る花々も、木々の作る影も、そのすべてが美しかった。

月光に照らされた隣の部屋の窓ガラスに反射し、鏡のように庭園を映す。

しかし、わずかにゆがんだその光景が幻想的で、もっと見たいと心が弾む。

「す、すこしですわ！　おとうさまがおもどりになるまでに　このへやにもどれば　もんだいありませんわ！」

部屋を出て、どこかもっとよく見える窓がないかと廊下を歩く。勝手に部屋に入ることはさすがのわたくしでもはばかられ、歩みだけを進めていく。

「見えましたわ！」

大階段のすぐ側《そば》の窓から、先ほどまで部屋で見ていた庭が見えた。先ほどの部屋から見えるよりも広い範囲が見える。

ふと庭の先を見ると、円形に突き出した広間の明かりが目に入る。

月明かりと竜玉《りゅうぎょく》の光しかない庭を通してみると、まるでそこだけが別世界のように煌《きら》びやかだった。

窓の側で談笑する人影までもが見え、それが幼いわたくしにはお母様やお父様から聞いた神様たちの宴《うたげ》のように見えた。

自分の低い背では窓枠が高く、もっとよく見たかったわたくしは安直にも上の階からならばもっとよく見えるのではないかと思い、はしたなくも心のままに駆け上がった。

しかし、階段を上ってすぐの場所に窓はなく、少し廊下を歩く。

その窓から下を見ようにも、先ほどと窓枠の高さは変わらないのに階が上になったことで、余計に庭の景色《けしき》が見えなくなる。

下に下りればいいものを、もっと上からでなければ見えないのだと、さらに上階へと駆け上る。


一階や二階とは打って変わって、シンと静まり返ったそのフロアに足がすくんだ。

「お、おとうさま?」

いないとわかっていても、つい名を呼んでしまう。

すぐに下の階に下りればいいものを、冷静さを欠いたわたくしはどんどん奥へと進んでしまった。

円形のつくりも相まって、すぐに方向を見失ったわたくしは、ついに耐えきれなくなり近くの扉をノックする。

「おとうさま……っ。おかあさま……、どこぉ？」

心細くて、もう二度と大好きなお父様やお母様に会えないのではないかという思いに駆られる。


「迷子？」


後ろから声をかけられ、情けない悲鳴を上げ、その場にへたり込んでしまった。

自分と同じ年ごろの男の子が私の側に歩み寄る。

私を怖がらせないようにか、落ち着かせるためか、すぐ側にしゃがみ込んだ男の子の黒い髪の間からのぞく宝石のような黄緑色の目に、息が止まる。

「だいじょーぶ？」


きっと、その時には私はライモンド様に恋をしていました。


自分のほうが身分は上であるのに、わたくしの身分やプライドを考慮してご自身の唯一の側付き《そばつ》であるマリア様を側に置いてくださった。

そのままマリア様に送らせればいいものを、わざわざわたくしのために服を着替えて、お父様のもとまでエスコートしてくださった。

気まずくならないようにか、道中ライモンド様から話しかけてくださった。

幼い時からいつか素敵な男性と結婚することを夢見てきた。まさに、それを体現していた。

わたくしが困っている時に助けてくれて、さらりとエスコートしてくれる。

ずっとお父様とお父様に師事する騎士の方々と接してきたからわかるが、ライモンド様の腕はよく鍛えられていた。

もちろん年の割には、がつくが、それでもエスコートもスマートで、武芸にも手を抜かない。

むしろ嫌いになる理由が見つからず、ライモンド様が好きだという気持ちばかりが募った。


わたくしをお父様のもとまで送り届けてくださったあと、そのままお父様とお話しするライモンド様は自分よりもずっと頭がよく見えた。実際ジャンカルロ様のためにベルトランド様と共に亜人と人との間に生まれた子の疾患の原因を突き止めたというのだから、頭は大変いいのだろう。

だから、もしも許してくださるのであれば、この人の隣に立ちたいと思った。

「あの！　ライモンド様！」

今思えば、堪《こら》え性のないはしたない行動だと自分でも思いますわ。

「わたくしと、婚約していただけませんか‼」


フッと意識を取り戻し周囲を見渡せば、そこはもはや見慣れた自分の部屋だった。

代々バルツァー家のものが学園に通う際に使う屋敷で、大きさも従者の数も元のお屋敷とは比べ物にならない。

「懐かしい夢でしたわ」

学園から戻り、いつの間にかそのまま寝ていたようだった。

剣を振るう間は邪魔になるからとひっ詰めていた髪をほどき、身にまとっていた服も脱ぎ捨てる。

自室に隣接したバスルームにそのまま足を踏み入れ、従者を呼ぶためのベルをちりんと鳴らす。

バスタブについた魔石に魔力を流せば、すぐに温かいお湯でバスタブは満たされた。

ゆっくりと湯につかりながら、豆がつぶれ硬くなった自分の手に視線を落とす。

大人になったら、わたくしも守れるくらい強くなったら、そうしたら今度はこちらから言わせてほしいだなんて。今思えばなんて子供騙《だま》しなのだろう。

わたくしも馬鹿《ばか》正直に、ライモンド様を守れるように自分を磨くなんて。

子供らしい安直な思考に、わたくし自身少しおかしくなってくすりと笑ってしまう。

「守るために武芸を磨くだなんて、きっとライモンド様に会う前のわたくしは思ってもみなかったでしょうね」

今のわたくしなら、あの時ライモンド様の置かれていた状況があまりいいものではなかったことを理解できる。

カリーナ様派と、マヤ様派。二つの派閥に挟まれていたライモンド様は、自分の身を守るためにもあの日わたくしと婚約を結ぶわけにはいかなかったのでしょう。

わたくしを巻き込みたくはないと言ったあなたの言葉はきっと本心だったのだろう。

でも、きっとわたくしのことなどどうでもよかったからこその言葉なのだろう。

事実、ライモンド様の側付きだったマリア様は決して遠ざけられることなんてなかった。

わたくしは、ライモンド様に選んではもらえなかった。あの日、明確に線引きをされたのだと、今のわたくしなら理解できる。

「でも、選んでもらいたいんですもの」

あの人の隣にいたい。わたくしを選んでほしい。

今でもあの静かな王宮の通路を夢に見る。そこに独《ひと》りぼっち。どれだけ走っても廊下に終わりがなくて。どの部屋の扉も開かない。

どうしようもなくなってその場にうずくまった時、必ずライモンド様が来てくれる。

だいじょーぶ？　って言って、必ずわたくしを光の元に連れ戻してくれる。

「だって、好きなんですもの……」

諦《あきら》めきれない恋心がいつまでも胸の奥にくすぶっている。

「ライモンド様も、ひどい人。きちんと振ってくださったらわたくしも、気持ちを切り替えられたかもしれませんのに」

変にわたくしに期待なんてさせるから。

「惚《ほ》れた弱み、とはよく言ったものですわね」

そう一つつぶやいて、ザパリと湯から上がる。

でもずっとそうだったんだもの。今更自分を曲げるだなんてわたくしらしくもない。

それでライモンド様の横に立てるのであれば。あの人に選んでもらえるのなら。

いいえ、たとえ選んでもらえなくても。自分の誇りを貫き通して、それで選ばれなかったとしたら諦めがつく。

選ばれるために何の努力もせずに、いつかライモンド様が女性を選ばれた時に後悔したくはない。

自分の努力不足を棚に上げて、ライモンド様が選んだ女性を蔑《さげす》むようなことだけは死んでもごめんだから。

「さて、明日も学園ですもの。頑張りましょう」

自分の誇りのために。

◆◆◆◆◆

学園に入学して数か月が経《た》った。

ライモンド様がご入学されるから、わたくしもお父様とお母様に無理を言って予定より早く入学させていただいたのに、肝心のライモンド様とは一向に会えないままでいる。

ニアルコス様に師事していたと聞いてたからこそ、騎士科にいらっしゃると思ったのだが姿が見当たらず。

ベルトランド王子とともに魔法の研究をされていたと聞いたことがあったので、魔導士科の方とも交流を広げどちらに伺うも見つからない。

ライモンド様を探すのに自身の鍛錬を怠っては本末転倒《ほんまつてんとう》と手紙を出してみたけれど、一向に返事はない。


「わたくしがいるのであれば、学園も楽しくなりそうだっておっしゃったじゃありませんか」


ねぇ、ライモンド様。

わたくしが他のご令嬢からなんと呼ばれているのかご存じですの？


『バルツァー家のご令嬢は、昔断られたというのに第七王子の婚約者を気取っていらっしゃる』

『ご実家にくる縁談もすべてお断りになって武芸に励むなんて、このまま結婚せずに騎士にでもなるおつもりかしら』

『でも、これだけレアンドラ様がお探しになられているのに出てこられないなんて、ライモンド様はレアンドラ様を避けていらっしゃるのかもしれませんわね！』


楽しそうに、嬉《うれ》しそうに、他の令嬢がそう話しているんです。

もちろん一部の心ない方の、根も葉もないうわさ話の一つとは存じていますわ。

「ですが、本当に。本当に、ライモンド様はわたくしのことを疎《うと》ましく思っていらっしゃるのですか?」

でしたら、一言。たった一言でいいんですの。そうおっしゃってくださいな。顔を合わせたくなければ手紙でも構いませんの。

「そうでないと、わたくしは。これ以上どうしたらよろしいのですか………」

自分の瞳《め》から流れ落ちたしずくが紙に染み込み、文字がにじんだ。

他の令嬢と同じように振る舞えば、あなた様はわたくしを見てくださいますか?

返事をくださいますか?

「お側に、………置いていただけるのでしょうか」

次々落ちるしずくが文字をにじませる。白い紙に涙で浮いたインクが黒い波紋をいくつも作る。

ああ、もうこの手紙はライモンド様にお出しできないわ。

◆◆◆◆◆

貴族だからこそ、学園の休日は他国からわざわざチェントロの学園を選んでくださった他国の貴族の方や、自国の貴族の方々との交流を広げるためにお茶会に参加する。

もちろん自分が招待することもあるが、そのどこにもライモンド様はいらっしゃらなかった。

憂鬱《ゆううつ》な気分のまま、従者の運転する馬車で屋敷に戻る道中。ふと、窓の外に視線を移す。

道を歩く二人の人影。

一瞬だった。見間違いかもしれない。

いいえ、あの黒い髪も。こちらを見て見開かれた宝石のような緑の瞳《ひとみ》も覚えている。

「馬車を停《と》めなさい!!」

思わず声を上げ、従者が扉を開けるのを待たずに自ら馬車を飛び降りた。

駆け寄ろうと数歩進んだところで、いつもなら気をつけているヒールが石畳の溝に引っかかり、体勢を崩す。

とっさに受け身を取ることもできず、迫りくる地面に固く目をつむった時、温かい腕が私を抱きとめた。

「大丈夫?　もうちょっとかっこよく助けられたら良かったんだけど」

人影の片方は、わたくしがあれほど会いたいと願っていたライモンド様だ。

何度も私を悪夢から救ってくれたライモンド様のその言葉。

涙が零《こぼ》れそうだったが、それよりも私のためにライモンド様はご自身の膝《ひざ》を地面についた。

早く、早く立ち上がらなければ。

でも、そう思えば思うほど焦りから自分のスカートの裾《すそ》を踏み立ち上がれなくなる。

見かねたライモンド様が一つ身じろぎをし、そのままわたくしを抱き上げた。

すっかり男性の体つきになられた。もちろんまだ成長途中ではあるものの、女の私とは比べ物にならない。筋肉の付きにくい女の私の体とは違う、がっちりとした筋肉に覆われた体。

何度も謝るわたくしを遮りライモンド様は、『女性からもらう言葉は謝罪よりも感謝の言葉の方が嬉しいかな？』と。少し照れ臭そうにそう言った。

昔から、本当にお優しい人。でも本当に鈍い方。だからわたくしは初恋が諦めきれていないんですのよ？　気づいていらっしゃらないんでしょうね。

「都合よく俺の従者が馬車を連れてきてくれたようなので、良ければお茶でもいかがですか？　このまま別れたのではいつも世話になっているバルツァー将軍に顔向けできないので」

好きな人にそう言われてわたくしが断れると思っていらっしゃるのかしら。

「ええ。でしたらお言葉に甘えて」

案内されたライモンド様の邸宅は、あまりにも生活感がなかった。

生活をしていればどうしてもその家の主人の色というものが屋敷には宿るものなのに。

不思議に思いながらも通された応接室で、ライモンド様とお話をする。

お話しできることが夢のようで、ついつい自分の話をしてしまったが、ライモンド様の表情はどこか硬く、作られたもののように思えた。

『ライモンド様はレアンドラ様を避けていらっしゃるのかもしれませんわね！』

頭に、どこの誰かもわからぬ令嬢の言ったあの言葉がよみがえる。

「あの、わたくしとのお話はライモンド様にとって面白くございませんか？」

嫌われたくは、ない。

「いいえ。すみません、何かあなたを不快にさせたでしょうか？」

ライモンド様は少し困ったような表情でそうおっしゃられた。でもその言葉も何か隠しているように感じる。

「そうですか？　それならいいんですけれど。ご迷惑でしたらおっしゃってくださいね」

好きな人に不快な思いをさせたくはないんですの。嫌われるくらいならば、いっそ潔く身を引きますわ。何年もくすぶらせていた初恋は、自分で思うよりもずっと臆病《おくびょう》なようですわ。

しかし、そんな私の想いとは裏腹に、ライモンド様は思い出したと言わんばかりに、私が送り続けた手紙について話を始めた。

「実は諸事情で俺は普段この屋敷とは別のところに住んでるんです。なので、先日ホフレからあなたの手紙の話を聞くまで送ってきてくださっているとは知らず。なので、迷惑とかそういうわけではなく。今後、もしも俺に送る手紙があれば、ホフレに渡してください。王宮の中だと、家族とキュリロス、それからホフレしか今の住まいを知りませんので」

何度も送り続けたわたくしを責めるわけでもなく、むしろ手紙を出す許可までくださった。

わたくしの知る社交界でのライモンド様は、決して自分から交流を持とうとしない方なのに。

返事はすべて定型文。

直接ライモンド様とお会いすることができなかった方には返事すら代筆で済まされる。

いっそすがすがしいほどに交流を持たないライモンド様は、本来であれば社交界の場において排斥《はいせき》されそうなものだが、ライモンド様の功績と血筋がそれを許さない。

誰しもが、亜人と人が血族となるための唯一の障害だったあの『病』の原因を突き止めたその頭脳を欲しがっている。

だからこそ、みなライモンド様を自分の開催するお茶会に呼びたくて躍起になっているというのに。

そのために、交流を持ちたがっているというのに。

「送って、いいんですの?」

「もちろん」

たった一人、ライモンド様の側にいることを許されたような気がして、頬が緩んでしまう。

できれば学園でも一緒にいたいと、通われている科やクラスも聞いてみましたが、そちらは許してはくださいませんでした。

でも、構いませんの。わたくしは、ただライモンド様のお邪魔にならなければ、それで構いませんの。

自分の努力がまだ報われたわけではございませんが、無駄ではないと思えるから。

「レアンドラ嬢は、俺の許嫁の件どう思ってるんですか」

喜びでふわふわと浮ついていたわたくしに投げかけられたそのお言葉に、一気に現実に引き戻された。

言葉の意味がすぐに理解できなくてライモンド様を見つめていると、気まずげに視線を外された。

「いいえ、忘れてください」

「いいえ。忘れられませんわ」

ライモンド様の逃げる言葉に間髪入れずに返事をする。

何を恐れていらっしゃるの？　ライモンド様はいったい何を見て、あれと戦っていらっしゃいますの？　一令嬢でしかないわたくしにはきっと察することのできないものなのでしょう。

「あなた様の許嫁にと、望んだのは他でもないわたくしですわ。ライモンド様のお立場もすべてではありませんが理解した上で、あなた様を支えたいと思いましたの。わたくしは今も、あなた様からのお許しがいただけるのであればそう在《あ》りたいと、思っておりますわ」

そのために、いいえ。そのためだけに自分なりに自身を磨いてきたつもりだ。

ただ、あなたのお側にいるために。


「今度、一度バルツァー将軍ともお話をさせていただきますね」

そうおっしゃってくださるのであれば、わたくしはいかなる重荷であろうと背負いましょう。

そのために己を磨いてまいりました。

あなたの背負っておられる重荷を少しでも持てるように。

あなたの守りたいものを少しでも守れるように。

この恋に必要だと言うのであれば、どうぞこのわたくしに重荷を背負わせてください。

◆◆◆◆◆

後日、あれほど待ち望んだ手紙の返事が返ってきた。

おそらく、あの日わたくしと話す少し前に書かれたのであろうその手紙の内容は、あの日話した内容とほとんど同じだった。

あれが夢ではないと確認するために何度も読み返したため、手紙は少しよれてしまった。

それからまた数日、王宮からお父様が一枚の紙を握りしめて学園都市の屋敷を訪れた。

「レア！　レアンドラ！　私の可愛い娘よ!!」

一等嬉しそうに私を抱き上げくるくるとその場で回る。

「ど、どうしましたの？」

「どうしましたの、だって!?　ライモンド様から非公式ではあるが手紙をいただいたのだ！」

ライモンド様はわたくしだけではなく、律儀《りちぎ》にお父様にも手紙を送ってくださったのか、と。申し訳なさと、嬉しさを感じながらお父様に握りしめられしわが寄った手紙に目を通す。

◆◆◆◆◆

『まだ、あの日からご息女の心が変わっていないのであれば、バルツァー将軍にあることをお許しいただきたくお手紙を差し上げました』

文字を追う目が滑る。

『お返事が大変遅くなり恐縮ではございますが、お許しいただけるのであればご息女と婚約する旨、我が父、アブラーモにお伝えしたく思います』

あとがき

全方位に五体投地!!　まず初めに、この本をお手に取っていただき誠にありがとうございます。実は、２巻発売のお話はありがたいことに１巻発売後すぐくらいにいただいておりました。私が遅筆な故、引き延ばしに引き延ばしこの時期となりましたことお詫び申し上げます。サイトで投稿している分に関しても、続きは書けているのに投稿できていない。にも拘わらずこの本を購入して、その上あとがきにまで目を通してくださり、重ねて御礼申し上げます。

前回に引き続き、小説の内容なんかはいいからkrage《からあげ》さんの描いたうちの子を見てくれ！　可愛かろう!?　と全世界に発信したいレベルで神がかった絵を描いて下さったkrageさんには頭が上がりません。あなたが神か？　１巻発売直後、私は２巻では西の国編に突入できるだろうなと思っていました。ところがどっこい、ライが全然言うこと聞いてくれないんだよ。クラスの女子に「ちょっと男子ぃー。作者の言うこと聞きなさいよ。かわいそう～」って言って欲しいレベルで聞いてくれない。

骨董品屋の話をここで解決する気も、レアンドラちゃんと会う予定もなかったんだよ??　もっと言うとヴィルくんはもう少し出番がある予定でした。すまんな、ヴィル。西の国編ではもう少し活躍させてあげたい所存。

最後に、ここまで読んでいただきまして誠にありがとうございました。よろしければ、今後ともどうぞよろしくお願いいたします。

第《だい》七《なな》王《おう》子《じ》に生《う》まれたけど、何《なに》すりゃいいの？

2

初出……「第七王子に生まれたけど、何すりゃいいの？」
小説投稿サイト「小説家になろう」で掲載

2020年8月5日　初版発行

著者：籠《かご》の中《なか》のうさぎ
イラスト：krage《からあげ》

発行者：野内雅宏

発行所：株式会社一迅社

〒160-0022　東京都新宿区新宿 3-1-13　京王新宿追分ビル 5F
電話　03-5312-7432（編集）
電話　03-5312-6150（販売）

発売元：株式会社講談社（講談社・一迅社）
印刷・製本：大日本印刷株式会社
DTP：株式会社三協美術
装丁：百足屋ユウコ＋モンマ蚕（ムシカゴグラフィクス）

ISBN978-4-7580-9284-5

おたよりの宛先
〒160-0022
東京都新宿区新宿 3-1-13　京王新宿追分ビル 5F
株式会社一迅社　ノベル編集部
籠の中のうさぎ先生・krage 先生